台灣原住民系列14

原舞者

吳錦發 編

目次

卷二　台北／新店時期

原舞者

幕啓

懷劭・法努司

(蘇清喜)

族別：台東・阿美族

出生：43 年 11 月 13 日

經歷：陸軍軍官(專期)
新力公司(業務員)
新格唱片公司(音樂製作)

專長：音樂、外務、攝影

原舞者
團員名單

阿道・巴辣夫

(江顯道)

族別：太巴塱・阿美族

出生：38 年 2 月 28 日

經歷：政治大學哲學系肄業
台大夜間部外文系畢
中興保全公司(警衛)

專長：文書、外務、水泥工

斯乃泱（賴秀珍）

族別：台東・利嘉卑南族
出生：59 年 11 月 20 日
經歷：技群工程公司(製圖員)
專長：製圖

悠汐・喜吉

（劉青婷）

族別：苗栗・泰雅族
出生：60 年 8 月 24 日
經歷：飯店服務員
新竹客運售票員
錄影帶出租店店員
專長：歌舞

依比・卡拉雅

（卓秋琴）

族別：牡丹鄉・排灣族
出生：60 年 9 月 26 日
經歷：屏東山地文化園區(文化服務員)
旭海中山科學研究院(行政課)
專長：歌舞、家政

阿忠・瓦旦

（田志忠）

族別：苗栗・泰雅族
出生：52 年 3 月 29 日
經歷：運輸業(司機)
專長：歌舞

北鷗（宋南綠）

族別：台東・南王卑南族
出生：53 年 9 月 10 日
經歷：台菜廚師
台中俱樂部駐唱
專長：歌唱、刺繡

卡斯坡郎・嘎・莫嘎伊

（柯梅英）

族別：霧台・魯凱族
出生：53 年 7 月 5 日
經歷：靈泉聲樂佈道團
新光保險公司
南投九族文化村
專長：推銷、歌舞

古峪・杜琴拉
(高金豪)

族別：泰武鄉・排灣族
出生：56年1月28日
經歷：政治大學畢業
專長：歌舞

久將 (洪志彰)

族別：台東・初鹿卑南族
出生：51年
經歷：樹林大同國小老師
專長：美術

塔吉摩道・希洛 (孫金木)

族別：台東・檳榔卑南族
出生：58年6月16日
經歷：政治大學畢業
專長：歌舞

阿 Kin (高秀梅)

族別：台東・阿美族
出生：63年1月20日
經歷：永琦百貨專櫃小姐
專長：會計

樂樂嫚・巴里庫路 (呂玉華)

族別：泰武鄉・排灣族
出生：57年10月21日
經歷：政治大學畢業
中央研究院民族所助理
專長：歌舞

意谷 (陳式寧)

族別：台東・阿美族
出生：61年3月13日
經歷：師範大學
專長：歌舞

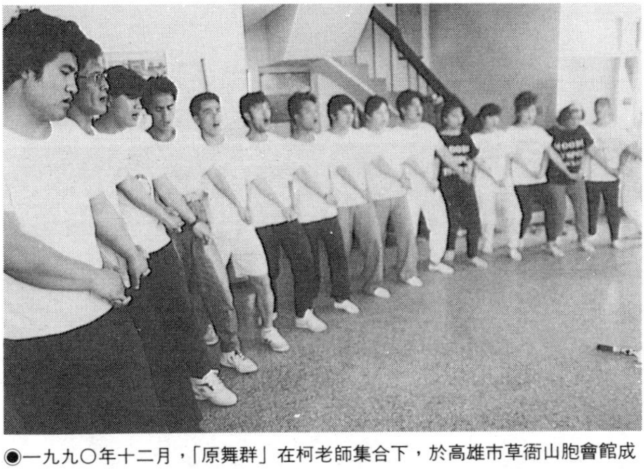

◉一九九〇年十二月，「原舞群」在柯老師集合下，於高雄市草衙山胞會館成立，各族原住民青年賣力排演歌舞。

◉一九九一年四月一日，「原舞群」時代唯一的一場演出，在高市中正文化中心至德堂，二千多個位置座無虛席。

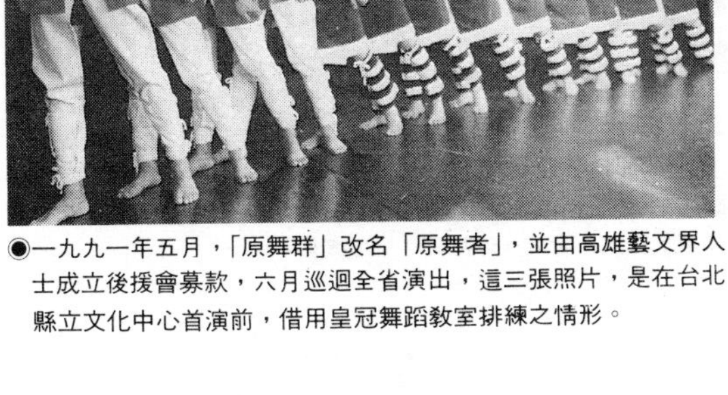

◉一九九一年五月，「原舞群」改名「原舞者」，並由高雄藝文界人士成立後援會募款，六月巡迴全省演出，這三張照片，是在台北縣立文化中心首演前，借用皇冠舞蹈教室排練之情形。

◉到成功大學演出，演出後並與成大山青社原住民大學生合影留念。

◉在台中市中興大學演出阿美族奇美村舞蹈之情況。

◉一九九二年一月二日，「原舞者」敦請到胡台麗爲指導老師，練習做田野調查，圖爲到台東卑南部落做田野之實況。

◉一九九二年一月二十日演出前爲趕時間，在車廂內化粧，他們的化粧技術全是「無師自通」。

◉一九九二年八月到阿里山拜訪鄒族舞蹈專家武三勝先生(最後一排留鬍鬚者)，請益鄒族舞蹈後合影。

◉參加「假日廣場」演出，在台南市立文化廣場表演。

◉演出「懷念年祭」卑南族舞蹈後，大獲成功，團員及卑南族舞者互賀成功。

◉「懷念年祭」獲得肯定，「原舞者」確立了國內一流舞團的稱譽，大家向指導老師胡台麗獻花致敬。

◉「原舞者」繼續「向前走，啥密攏嘸驚」，圖爲到新竹五峰鄉學習賽夏族舞蹈並做田野調查之情形。

第一次全省巡迴公演
民國80年6月3日～26日
來自高山雲嶺的呼吸
來自大海潮汐的脈動
孕育
美麗島上住民的舞詠
展現台灣藝術生命的眞容
開創世間人文景觀的妙境
原舞者
祖先歌舞的傳承
山水篇
台灣美學的天機

◉第一次全省巡迴公演簡介

◉第一季公演簡介

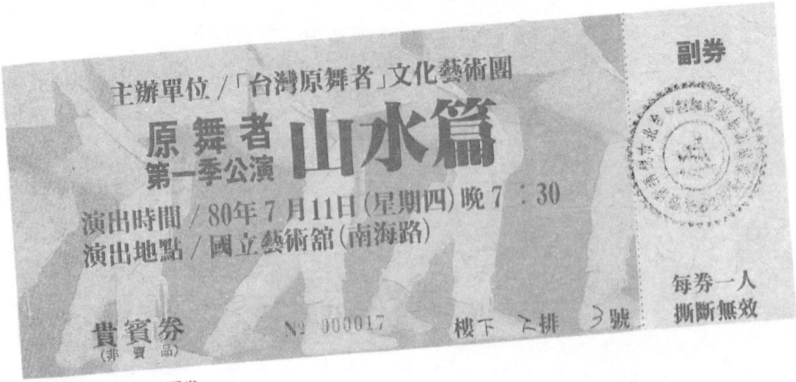

◉第一季公演票券

◉第一季公演傳單

歌舞祝禱（序）

胡台麗

我要藉這個機會感謝「原舞者」。就像我賽夏族的結拜弟弟ubai在協助「原舞者」團員學習高難度的「矮人祭歌」後，他不止一次眞心誠意地表達他被點燃的內心深處的快樂與感激。我們大家期盼「原舞者」這樣的團體出現已經太久了，能爲它做一點事、盡一點心都是在幫助自己反省與成長，在滿足我們饑渴心靈的需求。

不止一次，我在參與原住民的歌舞祭儀活動中進入忘我的陶然境界。可是，我並沒有把它們與演出聯想在一起，甚而對演出的念頭有所排斥。因爲看了不少原住民歌舞表演，總讓我有空虛失落之感，不但沒有感動，反而有不知所云突梯滑稽的效果。

「原舞者」一九九一年七月出現於台北國立藝術館的舞台上。這之前，他們已經風塵僕僕地全省巡演了十八場阿美族與鄒族的歌舞。我原來也沒有抱什麼期望去的，只是難以抵擋老友吳錦發、新識陳錦誠「請來關心一下這個原住民團體」熱切的呼求。從幕啓到幕落，我被感動了，雖然類似的節目藝術學院舞蹈系的學生曾向原住民學習、搬上舞台演出，但是由「原舞者」的年輕團員呈現，那樣清新有活力的歌聲與肢體動作，把我帶回山巔海濱的部落。而且在這些年輕團員敬謹的表情、燦然的微笑與揮灑的汗水中，我看到原住民新生一代的希望。這個團體要存續下去，它可以更好，可以發揮更大的影響力！可是在演出後的聚會中我得知它正面臨解散的困境。

不願意見這株由一群關心台灣原住民文化藝術的朋友所灌溉、呵護的幼苗枯萎，我也不自量力地投入呼求支持的行列。終於，獲得最大基金會──文建會的支援，讓「原舞者」有再生存發展的機會。

再出發，要怎麼走？走入原住民部落！我的人類學訓練背景促使我向「原舞者」提出這樣的建議。以前，「原舞者」沒有直接到聚落中感受、學習，在理解、認知與意義詮釋上有許多欠缺。進入原住民團員要學習的原住民聚落中，有了直接的接觸與體會，向當地人虛心學習，取得該族群的瞭解與信任，進而將採集的素材有系統地整理與呈現，與現代表演藝術的理念相結合，使得團員、觀衆與當地族人間產生最高程度的共鳴。每一步的跨出都是莫大的挑戰。

卑南族「懷念年祭」從學習到演出，我看到團員歷經艱難過程產生的變化。許多時候我們都擔心他們撐不下去了。我相信是他們祖先留傳給他們的美好資質與生命力以及他們日益增長的原住民認同意識，和經由接觸而深刻感受到的族群文化傳承的危機在幫助他們度過難關。

一九九二年七月台北社教館首演之夜，台上台下的淚水交融，我的快樂與感激無法形容。原住民社會的歌舞文化眞的是可以這麼的美好動人，「原舞者」的團員確實以這些豐盛的文化資產爲傲，有尊嚴地在舞台上向所有的人證明它的卓越，卑南族人也透過「原舞者」的演出重新體認自己傳統文化與現代創作者的價值。

我非常介意原舞者能不能爲他們學習的族群的人接受。卑南族人把台東文化中心的演出場地擠滿了，他們的熱烈反應給予「原舞者」莫大鼓勵。我發現「原舞者」的出現對各族群的年輕人是很大的刺激，促使他們重新瞭解、整理、學習自己的文化。同時，原住民社會中年長一輩也更體會到將歌舞、語言等質素傳續下去的迫切性。別族的原住民年輕人都可以學習，爲什麼自己本族的子弟學不會？

參與「原舞者」的學習與展演活動我個人的收穫極大。我感覺到與以往的田野調查不同，我不是以收集和發表資料爲主要目的。我也跟著團員拜當地人爲師，學習唱歌與跳舞，並發掘這些歌舞背後的文化意涵。在歌舞的資質天賦方面我遠落在團員之後，對當地文化的瞭解也不及原住民老師。唯一可以貢獻的就是協助整理和呈現這些資料，讓漢人和其他原住民比較容易瞭解舞台上在唱什麼、跳什麼，掌握該文化的精義。在這個過程中我有吸取也有付出，我和原住民的關係是平等互惠的。這是我在人類學領域工作以來滿足度最高的一次體驗。再重複一次，我有說不盡的感激與快慰。

「原舞者」要走的路還很長，大家都不知道它還能維持多久。可是，「原舞者」只要存在一天，就承載著傳續散播原住民文化的使命。每一個脚印都必須是實實在在的、深深地烙在原住民祖先奔躍過的土地上，印在福爾摩沙島現代子民的心版上。讓我們歌舞祝禱！

我爲什麼要編這樣一本書?
——序「原舞者——一個原住民舞團的成長記錄」

吳錦發

一

多年前，於偶然的機會裡，我在友人處，看到一卷錄影帶，深深震撼了我，那是一卷描述日本著名的藝術團體「神鼓童」成長過程的記錄影片。

這部記錄片拍攝了「神鼓童」成軍的經過，它是由一個藝術家組訓了一群無所事事的青年們，在佐渡島上練習打太鼓，清晨在海灘上跑步鍛練體力，以最拮据的經濟條件（他們起初甚至自己養乳牛，擠牛奶去賣以維生計），堅強地奮鬥下來，幾年之後，竟然從一個地方性的默默無聞的鼓隊，躍昇爲全國第一流的鼓隊，最後甚至成爲全世界一流的藝術團體！他們代表日本到全世界各地演出，去到哪兒，他們都聲譽鵲起，鼓聲震動了全世界觀衆的心。

這部錄影帶很詳盡，也很平實地記載了這樣一個藝術團體的成長歷程，因爲它是平時就逐步累積拍攝下來的記錄片，所以一點也不造作，也由於不造作，因此，它更彰顯了這個鼓隊日常所遭遇到的種種辛酸、快樂、夢想，與幻滅，這樣一部有血有肉的記錄片，自然能夠進入人們內心深處，打動人們的靈魂。

從那時候起，我就一直期待，台灣有一天也會有這樣一部記錄影片。

二

我和「原舞者」的兄弟姊妹們初識於一九九〇年十二月初，那時他們都還是一群懵懵懂懂的年輕人，受到一位布農族柯姓老師的欺騙，說要組織一個由各族原住民組成的舞團，準備到中國大陸去巡迴演出。我因爲素來關心原住民文化而且在報界工作，因此也糊裏糊塗被扯進這場騙局裡；我看到他們在高雄前鎮草衙的山胞會館辛苦練舞，每餐幾乎以三十元不到的便當裹腹，還一直領不到薪水。基於一腔義憤，我便自告奮勇替他們募款，並找到同樣關心原住民問題的朋友洪田浚兄、王家祥夫婦及民衆日報記者蔡幸娥小姐，一起來幫助他們。

雖然後來騙局拆穿，我們幾個都相當絕望而沮喪，但是看到團員們那麼堅強，想要自力更生自己站起來，我們也從沮喪中恢復過來，繼續在精神上，物質上協助他們，這其中特別令我感念的是：我的好友——旅美的蔡明殿兄，一再捐出巨款協助舞團渡過難關，尤其後來又有崔國強兄、石惠珠小姐的加入，義務指導他們的舞蹈，才使他們稍具職業舞團的水準。

一九九一年六月，這是一個重要的日子，「原舞者」舞團，在高雄文化界朋友組織的後援會支援下，開始了全省的巡迴演出，這場演出極其辛勞，但也為他們帶來了很高的聲譽。經過這次演出之後，舞團又增加了陳錦誠兄、林懷民兄、胡台麗博士的加入，使舞團如虎添翼，一九九二年三月，舞團為了訓練的方便遷移到台北新店，進入了另一個階段。

「原舞者」搬到台北之後，我和他們的聯絡逐漸少了，但是，我知道他們在好友胡台麗的指導下，正努力學習田野調查，回到自己的原鄉，去採擷失落已久或即將失落的原住民各族歌舞，我偶爾在報章雜誌上看到有關他們的消息，都要興奮大半天。

一九九二年七月，他們石破天驚地在全省各地推出了苦練的成果——「懷念年祭，陸森寶專輯」，我在台南市立文化中心看了這場演出，熱淚盈眶，久久不能自己。哦，昔日那麼嬌弱懵懂的小伙子們，今天一個個都成了舞技精湛且深具內涵的一流「舞者」!更令我訝異的是，他們經過一年多的田野調查訓練，竟然也都同時成了文筆流暢的寫作者。

這種改變是何等驚人！我相信這是台灣原住民文化史上不曾出現過的重大事件，從文化建設的角度來看，這更是一個寶貴的成功例子，不但可供台灣原住民社會參考，甚至也足供全台灣關心本土文化發展的人士反省思考！

三

就在這時候，我不期然地，又想起了那卷有關「神鼓童」的記錄影片，回憶起我昔日的願望：可惜的是，當初，我們作夢也沒想到「原舞者」今天會走到那麼高的藝術位置，雖然自始蔡明殿兄就慧眼獨具，斷言「原舞者」一定會成爲「世界一流的舞團」，要我平日幫他們拍記錄片存檔，但我畢竟是慵懶的人，沒有照他的意思去做。

但是，幸好的是，我們這幾個平素拿慣筆桿的，在筆下倒沒偷懶，在和他們相處的日子裡，都很忠實地留下了和他們一起哀、一起樂、一起夢想、一起憤怒的記錄。

今天，我把這些記錄，連同「原舞者」兄弟姊妹們自己寫就的文章輯成一本書，一方面是替代我當初想拍攝那卷記錄片的「缺憾」；另一方面也是對「原舞者」兄弟姊妹的鼓舞，鼓舞他們再接再厲，奮勇向前，千萬別氣餒，你們離成爲一個「世界級舞團」的目標，還有一段很辛苦的路要走呢！

卷一　高雄／草衙時期

是汗水，
還是欺騙？
從萌芽到征戰的
襁褓時期——

原舞者的戰鬥

吳錦發

認識這群台灣最「本土」的舞者，是一種深厚的緣份。

去年底，我到深處高雄縣山中的桃源鄉參觀布農族人的「打耳祭典」，在那裏巧遇布農族籍的名編舞家柯麗美老師，她一直是我非常感佩的原住民藝術工作者。我曾在六龜鄉看過她指導的大規模布農族「打耳祭舞」，那是我第一次感受到，在深山中大規模原住民舞蹈散發出來的雄武之美，那種剛猛的美感是漢民族舞蹈中難以見到的。

沒想到一個星期之後，我突然在報社接到了她的電話，她告訴我，她正在有衆多阿美族人聚居的前鎭草衙地區的山胞會館組訓一個原住民舞蹈團，希望我有空去看看她們。

我原以爲她是在推行社區工作，協助媽媽教室教導一些阿美族婦女跳跳舞什麼的；

沒想到，到了那兒才知道她是在認眞組訓一批包括全省各族原住民青年的舞蹈團，而且這個工作她們已默默進行了兩個多月了。

等他們的歌聲歇了，舞蹈停了，我仍沈浸在激動的情緒中，難以自持。

從這個因緣，我接連幾天，一有空便往山胞會館跑，也很快便和這群舞者們結成了朋友。

這群舞者，除了副團長張麗珠之外，沒有一個是眞正學舞蹈出身的，他們現有團員三十三名，吃住各項支出是驚人的，而且他們都爲了舞蹈而拋棄了原有的工作，他們原本打算和台北一家育樂公司簽約，組訓完成之後，巡迴全省甚至到國外和中國大陸演出，後來，由於種種原因，這項簽約儀式迄未完成，因此他們的生活頓時掉入極度的困境之中，他們的困難，甚至到了有時每人一頓午餐只能開銷二十元的程度，辛苦練習之餘，看一場電影成了奢侈的享受，看完電影還沒錢坐車回家！

我明瞭了他們的困境之後，自告奮勇到處去替他們募款，我找過國民黨、民進黨一些平日口口聲聲「關心台灣文化」的朋友，得到的只是「精神的鼓勵」。反而是我一個學農經出身、在美國做生意的朋友，剛好回國，我帶他去看了他們的舞蹈，他大受感動之餘，請這群舞者去餐廳吃了一頓午餐，並當場捐了十萬元新台幣。

他離開山胞會館的時候，在車上突然向我迸出一句話說：「他們會成爲世界一流的舞者，他們才是眞正台灣的聲音，我們漢人欠他們的實在太多了！」

我爲這句話默默流了淚，這是生平第一次爲台灣文化流下的淚水。

我不知道在我們政府官員和我們國民黨、民進黨籍議員朋友心目中「文化」到底是什麼？我只知道，從這一刻開始，我終於明白了，他們平日的夸夸之言，大多只是一堆「空話」。

這群舞者，現在已爲自己的團體找到了「名字」並在高雄縣政府立了案，叫「原舞群」——之所以稱爲「舞群」乃是因爲他們是台灣原住民各族精英組成的團體，因此，每一位舞者也就可以被稱爲「原舞者」。

西班牙籍世界著名的大提琴家卡薩爾斯塔說過一句名言：「我這輩子要用大提琴對抗獨裁者佛朗哥！」

面對今日台灣島上依舊四處瀰漫的「大漢沙文主義」氛圍，我也願意和我的朋友們說一段話：「讓我們並肩作戰，把舞蹈當作武器，直到大家都聽到我們的聲音，台灣原住民的聲音，堂堂正正頭頂著天脚踏著地的一個『人』的聲音。」

我祝福你們，原舞者，我血肉相連的弟兄和姊妹！

一九九一、三、廿六 中時晚報

我的愛、我的恨、我的掙扎

——記我與「原舞群」共度的日子

吳錦發

我作夢也沒有想到會莫名其妙捲入那麼大的風波之中。

我作夢也沒有想到會陷入這場騙局之中。

但我也慶幸我在冥冥之中，進入了這件事的核心地帶。

由於這件事，我和「原舞群」三十多位舞者成了血肉相連的好弟兄、好姊妹。

也由於這件事，我和這群弟兄姊妹聯合起來，揭穿了一場大騙局。

而這可怕的「敵人」竟是他們自己的老師，原住民自己人。

由於十多年來，我一直從事原住民文化的研究工作，在全省各部落認識了許多原住民好友，他們一般說起來，都比平地朋友率眞、誠實，而且重朋友之間的道義。

所以，當我第一次聽到有一群來自全省各地的原住民青年放棄了原有職業聚集在前鎭草衙的山胞會館，爲了傳承祖先文化苦練舞蹈之際，我欣然前往觀賞，並爲他們的精神感動了。而且在得悉他們生活困窘到每餐必須以二、三十元度日時，我的熱情被揚動了起來，我到處奔走去找朋友來鼓勵他們、支助他們，募款讓他們度過最辛苦的日子。

那時，我的心中只充滿了對原住民的愛，因爲我的血管中也流有和他們同樣的血液。

我眞的沒有料到，那時我已不知不覺中掉入一場騙局之中了。

後來，我從各種管道中，得知了一些消息，並且經由我長年作爲一個記者、文學家的觸覺追查到了眞相。

當所有團員知道我明白了眞相之後，竟爲我高興起來，因爲他們不願意我被他們的老師繼續矇騙下去。

原來，這群舞者早就知道他們老師是怎麼樣一種人，但是礙於師生之誼，礙於原住民的尊嚴，他們不敢也羞恥於告訴我這項事實。

多麼可愛，也多麼令人憐惜的好兄弟好姊妹。我不忍心用「懦弱」來苛責他們。

明白眞相的那一晚，我回到家，整個人便癱了，我呆坐在椅子上，直讓眼淚流啊流。

我萬萬沒有想到，我和幾位文學界的好友去支援，去幫助這群原住民朋友，爲的便是預防外人對他們的欺侮和冷漠，沒想到當我把烱烱眼神看向遠方自以爲是他們的守護之時，猛一轉身，卻發現狼就在我背後，藏在最隱匿的角落。

我不能不說，我灰心了，我意冷了，我心中有了恨！我決心對「原舞群」的事撒手不管了。但是，正當我剛在心中作了這個決定時，他們團員中的一人，打了一通電話給我，他聽了我的話，在電話那一頭沈默了許久，突然他迸出一句話說：「吳大哥，如果連你也不理我們了，那我們怎麼辦？」然後掛了電話。

我默默走出門口，走到漆黑的夜中，我生平第一次那麼脆弱，跪下來乞求神給我一點暗示。

第二天，我若無其事回到他們的隊伍之中，然後爲了即將演出的事，如常四處奔走，和團員中的牧師去作禮拜，請求基督徒的援助，在禱告的時候，我睨眼看到了團員中的牧師流了淚水。他是團中最誠實的長者，也是最瞭解所有團員和我們心中的掙扎和奮鬥的人。

四月一日，「原舞群」如期在高市中正文化中心至德堂順利演出，兩千個座位坐了九成，「原舞群」以精采的演出證明了他們是一流的舞者，節目演完，有許多觀衆自動站起來拍手，所有坐在貴賓席的舞者父母和原住民鄉親，都歡呼起來。

這是台灣原住民最有尊嚴的一夜。

演完之後，他們原本想解散回家的，但是因爲這一場的演出，他們找到了信心，找到了自尊，他們打算繼續演下去。

但是在這種情況下，「原舞群」怎麼可能生存下去呢？沒有錢，沒有援助，又有一位有失師道的老師擋住了所有的援手。

他們終於作了最痛苦的抉擇，重組「原舞群」，並且私下開會，經由投票，決定開除他們的「老師」。

會議開完，他們打電話給我，說他們要自力更生，並建立良好形象，他們打算休息一段時間再回來重整旗鼓，到各地孤兒院、養老院去義演。

「你們想自己站起來？你們吃飯的錢在哪裏？」我直截了當問他們。

「不知道！」

「你們要住哪裏？」

「不知道！」

「我已經心力交瘁了……。」我表明了內心疲累之意。

「……。」電話那頭又沈默了。

「我一個人……。」我愧疚地說。

「吳大哥，你如果不管我們，我們怎麼辦？我連家都不敢回去了！」電話那頭又急急地說。

「……。」我咬著牙沈默下來。

現在，這個問題，我想應該輪到由我來向我們的社會發問了吧？大家如果不管，這群台灣最優異的舞者應該怎麼辦？原住民的議員們，這件事你們如果仍不伸出援手，這批「台灣眞正的聲音」應該怎麼辦？或者大家認爲這個社會有沒有一個純正的原住民舞團並無所謂？

我不後悔蹚入這個混水，我不後悔被我曾經尊敬過的人欺騙，我關心的是，這群舞者現在可往那裏走才好？我要痛心地說，如果這個舞群如此解散消失，將是台灣文化無可彌補的大損失。

一九九一、四、十二　《民衆日報》

原舞季節始末

王家祥

他們的確是眞正與祖先共舞的人，至今路途上仍然滿佈險阻與危機。他們，舞得好艱辛。

去年十二月一日，一群原住民青年陸續集合在高雄的山胞會館；爲了一項吸引人的優厚條件，辭却原有的工作，集合於此地練舞，預備成立台灣少數民族文化歌舞團。召集人柯老師（本身也是原住民）在電話中向他們保證，成立這個團的目的，是要到國外演出，宣揚原住民傳統優美的歌舞，替祖先文化爭光。團員不但可以隨團至國外各處遊玩，完全免費，而且還有一筆優厚的薪資可領。

柯老師告訴他們，她已經找到一家大公司支持，負責國外演出的一切費用與行程安排。

三個月過去了，團員們辛苦地練習，獨自默默摸索，逐漸有了豐富的收穫。然而讓團員們不解的是，掛名藝術總監的柯老師，卻對他們練習的成果漠不關心，完全交給請來的舞蹈老師，甚至連他們進步與否皆毫無所知。原先預定在台灣首演的日期，也一再拖延。當初，合約上說明正式演出後開始支薪的諾言，因此一再無法兌現。沒有正式演出，便沒有薪水。團員們皆辭去工作，困居愁城，經濟拮据，每日付出龐大的勞力與心血，致力學習祖先的舞詠，只爲了一個美麗而高掛的理想。

柯老師說：「我也很想趕快發放薪水給你們。你們的苦我知道。我希望你們陪我渡過最煎熬的時刻，可愛的日子就在明天了。你們要先拿出成果給人看，別人才會肯定你們，然後援助才會源源而來。不要在還沒有成果之前先要求什麼。」

舞者們的士氣低落，開始有人想離開了。離開的代價是賠償三個月來吃住費用的六倍。柯老師口頭上嚴厲地說。原住民的天性單純，搞不懂合約上的內容，但風言風語大家也耳傳了一些。常常都有人打電話到會館找柯老師要債，甚至登門拜訪，弄得團員們尷尬不已。

那家支持舞團的公司始終未曾露面幾次，每次露面總要和柯老師爭吵不休。吵鬧的內容聽得出他們曾遵照合約上的協議，付錢支付舞團的開銷，並且不滿意柯老師一再地延長訓練期限，額外需索。

那麼舞團爲何仍這麼窮呢？連零用金都發放不出。團員們也搞不清楚，只知道柯老師一直向外界尋求援助，哭窮喊飢，連各族舞蹈老師的鐘點費與舞蹈教室租借費也無法付清，惹得衆人怨聲載道。

團員們心中不滿的是，難道那家公司很苛刻，不把他們當員工看待，不成功演出，便無薪水可領、沒飯吃，甚至離開還要賠錢。

二月底，柯老師找到極度關懷原住民的作家吳先生，向他訴說舞團的窘況和理想，請求他的協助。吳先生看完舞者們賣力認眞的排練之後，感動得落了淚。他覺得原住民優美古老的文化與歌舞，終於在此時此地得到了傳承的機會，踏出了艱苦的第一步；最困苦但也是最可爲的契機。吳先生立刻投入協助舞團的大小龐細工作，並且找來許多朋友幫忙。從思想上的找尋認知、角色的自我肯定與要求，到生活上的實質鼓勵、行政上的繁雜細末、傳播媒體的宣傳、募捐經費、尋求贊助，甚至找來義務的攝影師。舞者們的士氣逐漸有了轉機，接受外來的鼓勵與肯定，使得他們重拾信心，緩緩邁向未知期的正式首演。

然而柯老師依然對外哭窮訴苦，即使募捐的款項陸續湧來，團員們的生活依舊毫無改善，有時大夥兒湊錢解決下頓飯錢。一日三餐吃便當，便當錢久欠不還，弄得店家不敢做他們的生意。

那些錢到哪兒去了呢？積欠的債務爲何在募款進來後仍舊無法償還，更遑論發放給團員們。只有蔡明殿先生十萬元的捐款當場指明要給舞者們。他們每人才拿到二千元，三十個人總共拿了六萬元零用金。其餘的錢，柯老師說拿去做舞團的制服，每人兩套T恤加長褲，總共六十四套要七萬多塊，合計一套廝紗衣料的團服得一千多元，眞是天價呀！

三月中旬，由於吳先生等朋友的鼓勵與催促，柯老師終於勉強答應在四月一日正式首演。突然之間，一切的準備工作變得非常繁雜，時間越來越急迫。因爲他們什麼也沒準備，除了練舞之外。其他需要花費開支的服裝、道具、海報、場地，一點著落也沒有。

三月底，舞團的朋友們也發現事情愈來愈不尋常。舞者們的士氣比往常更加低落，陷入空前未有的焦慮與茫然。時間所剩無幾，日夜膽顫心驚。他們，似乎有許多難言之隱，導致全團陷於膠著停滯與挫敗不安的氣氛之中。

三月二十三日晚上九點半，吳先生帶來一劑強心針，爲舞團募款七萬，成立財務小組，由衆所敬愛的林牧師負責監督，地方法院黃推事義務擔任法律見證，整個舞團的士氣大振，掌聲熱烈。財務小組的成立，將使舞團從營養不良的成長期之中壯大起來，從沈疴癘病之中逐漸恢復健康，舞詠祖先的尊嚴之心願，在此似乎有了起死回生的希望。

錢到哪裏去了的風聲傳聞最後成了不爭的事實。團員們早已心知肚明。大夥忍氣吞聲，全力準備首演，目的是爲了回報關懷他們的所有朋友，原住民的高度寬容心在此發揮得無可比擬。雖然這事曾經給他們非常沈重的打擊，好幾次，很多人傷心地想要離開了，最後仍然捨不得彼此，以及四個月辛苦練習的成果。大家一心一意爲首演而忙碌，即使心中悲悽萬分，誰也不願多說，似乎首度演出和最後一場演出之間的距離相差無幾了。

記者會中大家隱藏起悲傷和憤怒，極力裝作自信與快樂。優美的歌聲吸引了在座的每一位記者，久久不願離去，甚至有人落淚低泣。之後一連數天，日日皆有報紙刊載舞團演出的消息。大家知道，忍辱負重，大局爲要，隱憂必須暫時擱在一邊。

四月一日，那晚的演出，全場坐滿九成五以上，二千位觀衆的反應非常熱烈。文化中心的工作人員表示，至德堂許久未曾如此盛況空前了，特別是本土性的藝術團體表演。義工特別安排原住民家長坐在前排的貴賓席。

吳先生說：「今晚，讓原住民朋友當主人。『今晚原住民請客』。」

終於，——古老優美的傳統歌舞，原住民祖先的智慧承續，站在至德堂的藝術舞台上，艷燦無比，熱力四射，向世人掙得了尊嚴，向世人宣告他們的無價之寶。這是何等不易，何等驕傲，何等地光榮。他們的路走得好曲折，好艱辛。很多舞者都哭了，他們的朋友也哭了。當舞者們最後接受獻花與掌聲時，他們已拼盡全力、喉嚨疼痛，聲音沙啞，全身汗流浹背、虛脫無力。激動的情緒久久不能自抑。觀衆早已被他們表現在舞蹈中的旺盛生命力所震懾感動，熱烈的氣息在觀衆席中川流不息，從台前傳至台後。

他們辦到了。一場真正成功的演出。原因在於他們竟然得用生命與未來做賭注，走每一步險惡之路。所以生命力深深打動了每位欣賞者的內心，進入許多人的靈魂。

四月二日，錯誤出在哪裏？攤牌的時刻到了。那家公司拿出確切有力的證據，表明他們曾經依約付出每一筆款項，總達一百九十幾萬元，如果再加上外界陸續湧入的捐款，這一筆鉅額資金難道無法支撐一個舞團正常運作嗎？

團員們傷心地離開了，不願再相信任何謊言，也不會簽約。利用自己祖先古老智慧的文化，利用自家人善良敦厚的個性，利用漢人對原住民贖罪之心。這種人正在斷送他的祖先辛苦創造的基業與血汗築成的路途。

平地人欺騙剝削原住民的事件時有所聞，雖不可原諒，尚可理解。但原住民剝削欺騙原住民，可就駭人聽聞，不可思議了。要不是經由旁人揭發拆穿，這群善良怕事的原住民受害者，可能還得牽扯入人口販賣的可怕內幕之中，永遠無機會站起來爲自己講話。

一個優秀，可塑性極佳的原住民舞團，才剛踏出艱苦的第一步，便要面臨如此險惡龐雜的問題。他們的路，走得好辛苦！

一九九一、四、十六《中時晚報》

這群傻瓜還要跳下去！

——聲援「台灣原舞者」

吳錦發

他（她）們曾經被欺騙過，
他（她）們不停地受到或明或暗的打擊，
他（她）們不停地被自己以前的老師扯後腿，
他（她）們到今天仍被許多漢人歧視，被自己原住民的「大頭目」威嚇。

但今天，他們已不再幼稚，他們從打擊中學會了團結，學會了自己站起來，學會了「沒有一個大頭目人物可以信賴」，明白了原住民的文化要傳承下去沒有人可以依靠，也沒有人願意讓他們依靠，除了自己和上帝。他們終於徹底地瞭解到，今天要挽救垂危的原住民文化，只有靠自己，這個渺小，但也充滿無限可能性的個體。

救贖只能靠自己完成，而在救贖的過程中，受難的兄弟姊妹必須互相扶持。這是他們從受難中學到的智慧。

這群年僅十幾、二十多歲的原住民青年，在短短幾個月內，連連走過許多欺詐、侮辱、利誘的陷阱，驀然成長了起來。

特別是這一個多月來，我懷著既尊敬又羨慕的心情，冷眼旁觀了他們從跌倒的地方站起來的過程，他們自己重新改組組織，開除違反師道的老師，再次向政府立案，擦擦傷口，爬起來再向前跑。

他們發揮了原住民社會失落已久的道德勇氣，堅強的戰鬥力與既尊嚴又矜誇的自信心。

雖然，今天，他們仍然常常一餐以三十元、四十元度過，仍然沒薪水領，仍然住在夏日如蒸籠般的山胞會館。

但令人感動的是，他們竟然還自掏腰包，不停地到孤兒院、養老院去義演。在今天的社會裡，像這樣的年輕人實在太罕見了，在血統上他們是台灣的少數民族，在道德和愛心的堅持上，他們更是今日台灣社會罕見而珍貴的「少數種族」。

他們六月份將到全省各文化中心去巡迴演出，但直到今天，他們要去演出的生活費、車馬費、服裝費仍沒有著落。

我常聽見，國民黨、民進黨在各種場合口口聲聲嚷嚷要「提倡」要「發揚」固有文化，但我們看見他們一直都只在「講」文化，而不是「做」文化，光講不做的文化應該叫著「放屁文化」。

這群年輕的原住民舞者不懂「放屁文化」，他們沒有錢、沒有精神支柱，但他們堅持要「做」文化，要繼續把祖先傳下的舞蹈跳下去，到孤兒院跳、到養老院跳、到大學裏跳、到幼稚園跳、到老人中心跳……，不管觀賞者懂或不懂，他們都要堅持跳下去。

我請問各位，你們今天還看得到這種氣質的舞團嗎？在台灣你們還找得到這種原住民的舞團嗎？這樣的舞團能讓它就此消失嗎？

我能不能跪下來吻你們的脚趾，拜託你們協助我這些血肉相連的兄弟姊妹？我能不能爲你們洗脚，換取你們對這群「與鹿共舞」的原住民弟兄的協助？如果可以，請你們打電話給我，我隨時去替你們服務！

最後，我在這裡愼重地向你們推薦我這群血肉相連的兄弟姊妹，他們現在叫著「台灣原舞者」，他們已拋棄了曾經被他們老師汚染過的「原舞群」的名字。

文化界後援會：吳錦發、王家祥、鍾肇政、童錦茂、童春慶（排灣族）、阿圖、蘇正國、林文義、曾貴海、洪田浚、洪國勝、簡炯仁、王淑英、蔡明殿、卡力艾多•卡比（排灣族）、田雅各（布農族）、瓦歷斯•諾幹（泰雅族）、魚夫、陳銘民、王定國、涂幸枝、張詠雪、蔡幸娥、達茂楝（排灣族）、鄧伯宸、崔國強、雷賜、陌上桑、羅拉登•烏瑪斯（排灣族）、鍾鐵民。

山林篝火再燃起
——支持「台灣原舞者」

洪田浚

原住民的歌舞，是我所喜愛的。我經常穿梭於台灣的山林清溪，拜訪原住民部落，探尋原住民祖先的廢墟，在深山榛巒中尋找神秘的力量。

像我這般生性愚鹵又久居都市的人，對於都市生活有太多的扞格和厭倦，喜歡深入山林腹地，去沐浴大自然的恩澤，可說不是太出人意外的。可惜我宿業太深，無能去效法巖居之士，修悟無生的道理，求得解脫大自在。

在山林裏頭，結識一些原住民朋友，從他們身上我貪婪地享受著一些「欲辨已忘言」的個性素質，這些素樸的氣質，令我羨慕，或許是我雜思妄念與之相濡，也獲得暫時的澄澈淘練，因而樂此不疲。

我取之於原住民的性靈氣質的，實在太多，慚愧的是無能去報答回饋。原住民族群的社會文化，正遭逢空前的刼難，他們就像百年前的平埔族一樣，會被平地社會同化消失。

這些可以稱爲優美獨特的族群文化，是台灣山林的產物，歷經千萬年蘊化而成的人文結晶，是屬於山的文化、森林的文化。這樣的文化是小而美的。

在荒草蔓生的舊古樓，蒼茫曠遠的舊好茶，古樸寧靜的舊七佳，神祕奇幻的舊萬山，悠遠澄靜的達瓦蘭（舊大社），我的肉軀似已被百重煙水蒸化成靜靜堆躺的石板廢墟，於古老的歲月，有子民在火堆前詠舞。

最動聽的音樂、最感人的舞蹈，就在自然天地間。部落的遷徙，不能轉移世代原住民對山林的愛戀，歌舞早已融入他們的生活，融入他們的生命。偶爾我參加部落的歌舞，是在肆意享受優遊自然的情趣。

流穿恆古洪荒的律動，突然要在我們這一代成爲絕響，大自然廣袤的空間，被資本社會無情的侵佔、剝奪，大部分的原住民被迫棄守山林，流落平地，山上的太陽落入了平地的地平線之下，他們走到了最後的一個黃昏。

都市原住民，迷茫無依，失去了山的保護，嚐盡各種悽痛苦楚，卻在都市中生下兒女，他們的兒女又開始生下第三代。這第三代不會說母語，已脫離山林很遠了，甚至對山林的記憶十分淡薄。一位第三代的孩子回到阿里山特富野老家，他驚訝的告訴爸爸：「爸！阿公家裏怎麼有那麼多的山地人！」

失根的阿里山一葉蘭，搖曳不出多采的丰姿，失去族群自主生存權的原住民，再也聽不出山林的召喚，聽不出風的呼吸、鳥的啼叫和花朵開放的聲音。

都市中的第二代原住民，到處漂泊寄居，他們的內心深處，實在無法忘情於遙遠群山中的部落，無法抑制生命中的歌舞律動。這是他們的下一代體認不出的。

於是，有心人看中了這一點，常以甜言蜜語去誘組山地歌舞團，榨取他們原始的光與熱。這類的有心人，不僅有平地人，更有高水平的原住民，如果不是透過原住民菁英，平地人也難以著手介入。

黑暗的魔手總是在沒有人注意的角落翻雲覆雨，失根的蘭花飄零墜落於無底的深淵。一群都市原住民組成「原舞群」，最近就遭遇這樣的宿命，他們被敬愛的本族老師誘以豐厚的待遇，然後懷抱著美麗的希望被組織起來，沒想到這位老師打算在短短的二十天後，就要賣掉他們。

眼看著原舞群即將烙上罪孽的印記，沈入無邊慾念所編織成的苦海，他們的贊助者吳錦發、王家祥等人，這幾位具有悲憫情懷的平地作家，同時陷入震驚、不信，繼而在獲知眞相後感到憤怒與悲痛。

吳錦發不斷將原舞群的乖戾遭遇告訴我，我因看慣原住民的悲涼命運，聽了也只增加一層哀愁的沈澱，原舞群事件應是原住民命運之河的小浪花。吳錦發、王家祥對原舞群投入之深、用情之眞，是出乎我意料之外的，我的虛無與他們的火熱恰成對比。

終於，吳錦發掙脫了情緒的煎熬，毅然向無恥者宣戰，及時伸出正義的援手，救起了苦海中的一粟，原舞群獲得重生，並脫胎換骨，蛻變成今天的「台灣原舞者」。

作家一向苦哈哈，錦發、家祥面臨更沈重的壓力，如何才能解決原舞者二、三十人的生計，不讓他們解散？錦發付出了全部的心力，動用了一切社會資源。王家祥與凃幸枝在新婚燕爾的蜜月期間，始終耿耿於懷。

他們稱自己和原舞者爲大傻瓜，只有傻瓜才會不計一切去爲空幻的理想奮鬥。沒想到傻瓜也會匯聚成一個族群，一向致力於發揚原住民歌舞的崔國強，毅然請了長假，加入這個傻瓜族群。崔國強拍攝公視的「青山春曉」，是第一個介紹九族原住民傳統歌舞的電視專輯，也曾擔任《原報》的總經理，打開原住民的輿論空間。

原本是一個小浪花，是個驚歎號，如今，她已匯流成一條清溪，一條原住民文化復興的希望之河。

遠在山林中的空虛部落，當僅存的老人凋零以後，就是九族原住民消失的時刻，而這個時刻離我們不遠，也許十年，也許二十年。

從悠閒快樂的山林生活，到侷促焦躁的都市生存競爭，山的文化就要在台灣島上消失。然而，在繁華的前鎮街角，原舞者冒著溽暑，在山胞會館中勤練新的舞碼，直接舞進遠古祖先的山林歲月。

一九九一、五、廿六《民衆日報》

台灣原舞者

王家祥

五月十三日晚，我帶著思念的心情踏入草衙的山胞會館，進入她們略顯擁擠的寢室。女生們二人睡一床，床是二人式上下鋪，上層悶熱無風，搖搖晃晃，有點承受不住過度壓力的模樣。

女生寢室裏擺了三張如此老舊的床，還有兩位女生打地鋪。山胞會館大多提供給前鎮漁港的遠洋船員臨時住宿，因爲船員中佔多數是原住民，其中又以阿美族青年比例最高。船員來來去去，一夜兩夜，按日計算，房價便宜。舞者們則已經長期蝸居在這幢灰舊老邁的二層樓建築裏有一段時間了。高雄市找不到比這裏更便宜住宿的團體房舍，但是按日計價對於經濟拮据的舞者們來說，長久居住下來也是一筆沈重的負擔，使得她們不得不自動縮減佔床率，節省開支。

舞者們群集在這間悶熱的寢室裏，各人隨意而坐，學習古老的歌。歌聲與高昂情緒並不因空間狹小悶熱而有所影響。他（她）們的新老師崔國強與他們同甘苦有一段時間了，正陪伴著舞者們，日夜緊鑼密鼓地練習，準備六月份的全省巡迴公演。

這是八、九個大女生的小寢室，乾淨而整齊，雖然行李衣物堆滿大多數的空間，只是略顯擁擠而不紊亂。我知道年輕人能吃苦，年輕舞者更能吃苦；因爲他擁有一個舞者的驕傲身分。原住民舞者則已經吃了更多的苦，因爲他是原住民的舞者，似乎天生注定路途艱辛。

這是我第一次進「原舞者」女生們的房間，我驚訝地詢問她們是否擁擠了些？

她們說：「不會！」

更俏皮地說：「正好可以培養感情。」

縱使自忖已經與她們非常熟悉，老早是患難與共的朋友，然而我仍無法釋懷我不能早一點瞭解她們的日常生活還有刻苦困頓的一面。

以前我與他（她）們共度精神上的苦悶與鬥爭，一同面對險惡的剝削與內心的徬徨不定。但我仍然做得不夠。我無法眞正體會他們生活的煎熬，體力的付出與希望的失落，而我卻依舊大聲地要求他們留下來，撐持這個好不容易建立起來的舞團，使用我——一個濫好朋友的名義。不懂得他們的苦，也不懂得他們內心的折磨。如今我才知曉，我沒有資格要求舞者留下來，只有他們自己才有資格。

四月至五月，這一個月期間，眞是永生難忘。舞者歷經欺騙，剝削，希望幻滅，舞團分崩離析，友誼與生活的抉擇，解散重組，再度面對「凡事起頭難」的困境，學習眞正的舞團組織與行政能力。開始主動將脚步踏入人間，並且早有心理準備，又有一段長時間並無薪資可領，毫無收入可言；然而不同的是，這趟路途由他們自己做主人了。舞者是舞團的老闆，而不是受召集人欺騙剝削的廉價勞工，他們的目標與理想將由自己決定、打拚、爭取。

從他們快樂地學習排演阿美族如波浪狀活潑俏麗的即興式舞蹈，大聲地從丹田唱出古老的音符，扭動靈活的腰部體會土地賜與的力量，默契十足地完成高難度的即興式土風舞；我看到一個眞正舞者的身影了。

從開始學習到進入狀況，只花了一晚的時間。他（她）們漸具備了專業舞者的氣質與架式，有能力傳承原住民祖先的舞詠與文化，並且舞出自己的理想，達到登峯造極。

這並不容易，我深深明瞭。假如沒有長時間的煎熬與磨練，友誼形同手足，生活上共甘苦，一起領受音樂與舞蹈的生命，相同的患難與回憶，互相扶持激勵，以及一起苦悶痛苦！

舞蹈與音樂能激發人內心的生命，使心靈得到無比的舒暢與充實。原住民各族的音樂及舞蹈，傳續數百年之久，早已從高山海洋的生存搏鬥經驗之中，得到深刻的體認及醒悟，也創造了高智慧的音樂文化，與大山大海極度融合，並且從舞蹈的肢體勞動之中，得到心靈充分的解放，追求衆人心體合一的高度即興式境界與默契，即連旁觀者也無不動容，心靈與之共震。

如今他們正緊鑼密鼓地準備六月份全省十五場巡迴公演，從基隆、宜蘭、花蓮、台東到高雄、台南、嘉義、雲林、彰化、台中、苗栗、桃園、台北，把原住民祖先的智慧與驕傲搬上舞台，登陸各地的文化中心，讓台灣各地的民衆聽得見眞正土地的聲音，看得見眞正土地的舞者，喚醒原住民的自尊與信心，也讓台灣其他的主人們一同來尊重與了解台灣古老的主人後裔以及他們的文化。

如今他們早、午不停地排練，入夜後也不止歇，直到夜深爲止。山胞會館日夜傳出他們的歌聲與歡笑聲。馬不停蹄的全省十五場緊湊演出，對於舞者是一項嚴厲的考驗，也是走向成熟風格的磨練關鍵；並且面臨必須演出，才有補助的畸形條件下，臨行前所有龐雜的困難益發凸顯，憑藉著文化界後援會一點一滴的募款，昂貴的服裝費用才有著落，舞者們的生活溫飽才得以獲得基本的解決。然而這些困難皆比不上從前他們遭受剝削時的險惡與挫折，舞團如今一步一步踏實地走，每筆朋友募來的款項都發揮了最大的用處，而不是落入了剝削者的口袋之中。

「台灣原舞者」此次全省巡迴演出的舞碼，將展現給世人兩個重要主題：「山」與「水」。上半場四十分鐘舞出阿里山鄒族的舞蹈。由於鄒族生活於四周高山環繞的山谷中，大自然的雷聲、雨聲、水聲、風聲、鳥獸聲隨時在空谷中飄盪迴響。空谷幽鳴，自然影響了鄒族人的音樂。鄒族的音樂特色大多表現於優美悠長，莊嚴神聖的合音。從深沈至高亢，從莊嚴到希望飛揚，彷彿雄壯的高山攜手與飄渺雲彩共舞。「山」因此成爲鄒族音樂的象徵。

下半場四十分鐘則舞出海濱阿美四個村落各具歧異性的舞蹈。阿美族廣闊分佈於東部海岸及花東縱谷。由於早期地形險阻，各村往來不易，因此發展成多樣性的阿美文化。各地域的阿美服飾及舞蹈往往呈現高度分歧，各具特色。

以花東海岸山脈爲分界線，沿著大山大水而居的是秀姑巒阿美，傍海而居的是海岸阿美。其中水漣以北，居住於花蓮平原一帶，又以南勢阿美區分；而居住於台東馬蘭，卑南一帶，因深受卑南文化影響，又以卑南阿美稱之。此外另有一族群遠播於恆春旭海一帶，稱爲恆春阿美。

此次「原舞者」學習的下半場阿美舞蹈，尚不能完全概括東部四個主要阿美族群舞蹈，主要是阿美的舞蹈形式非常豐富，無法在有限時間內一一展現。他們只挑選海岸阿美重安、宜灣、胆㬺、金那鹿岬四個部落的海浪般即興式舞蹈。展現原住民舞蹈另一面活潑快樂的海洋性風貌。傍海而居的海岸阿美，浪波般的舞蹈變化，象徵著「水」的活潑與即興；而高度的團隊默契與音樂技巧，正是「水」的象徵意義不可或缺的。

由文化界後援會共同推薦的崔國強，完全義務擔任「原舞者」的藝術指導。況且「原舞者」目前根本付不起任何專業舞蹈工作者的薪資。崔國強具有多年的原住民舞蹈田野調查經驗。他跑遍全台灣拍攝各族各部落的舞蹈祭典。很多人形容他比原住民更了解原住民的舞蹈音樂，主要在於他對九族的舞蹈皆有一定程度的深入涉獵，並且熟識各部落通曉本族舞蹈的長者，經由他居中協調整理，邀請各族老師前來教授舞者，再透過他對於整齣舞碼的理念，給予舞者自由而精確的認知，訓練導向舞者進入眞正的體會，尋找掌握整個舞團的風格。

他說過他想要把「原舞者」帶上精緻的舞台，做精緻細膩，正統而認眞考據的演出，而不是以往大會舞式的廣場表演。崔國強一直希望手上累積多年的原住民舞蹈資料，能有一個原住民組成的舞團整理演出。這也是他長久以來的心願。如今於偶然的機緣裏，歷經百般折磨地一肩挑起了這個路途坎坷的舞團命運；是機會，也是另一次冒險與嚴厲挑戰。

崔國強不僅得在藝術及舞蹈技術上竭盡心力，並且台北、高雄來回奔波，解決場地、經費補助、宣傳、海報、服裝等問題。甚至教導毫無經驗的舞者們學習行政組織能力，舞台劇場藝術，以及生活管理等大小繁雜之事。等於是這個舞團大小事通管的褓姆了。

當初他並不想陷得那麼深，可是一進去便無法自拔了。畢竟這個曾被嚴重扭曲剝削的舞團，需要耐心治療改造，需要朋友們心血的扶持，陪伴其熬撐尷尬寂寞的過渡時期。深信任何關懷原住民的朋友，在心理上或多或少萌生某種程度瞭解的傷痛，不知不覺中感受背負著原住民苦難的十字架，或者爲他們鬱悶悲傷，慨歎自己的無能爲力。一旦這支十字架背起之後，便很難再放下了。

而尋回民族的自尊與文化的自信，讓他們能夠自己勇敢站立解決自己的問題，爲自己打拼，正是一條可行之路。因此原住民引以爲傲的音樂舞蹈及傳統文化，正是拯救他們自己的時代良藥，並且也是拯救這個惡質社會的良藥，這也是支持「原舞者」的所有朋友們抱持的理念。希望經由「原舞者」的覺醒出發，尋找自我，尋回身爲原住民的尊嚴的心路歷程，擔當一塊小石瓦的角色。這塊小石瓦，將投射入靜如止水的原住民社會及廣大群衆之中，寄望能引起陣陣漣漪，水波盪漾。

一九九一、五、廿八《自立晚報》

行走大土地之上的野生舞者

王家祥

想從整個大環境探討原住民的音樂舞蹈，對我個人而言，是件非常困難的事。所謂大環境，也許是指整個台灣社會的政治、經濟、文化現象，整個社會思想的走向，人們心靈被誘導的方向，包括一些疏離古怪、荒誕不經的存在。所謂探討原住民的音樂舞蹈，也就是思考它的存在價值、它的過去、它的即將消失，以及它的未來，它所遭遇的一些荒謬離奇、曲曲折折的道路。

其實我從來不曾試圖去解析這樣一個結構龐大的問題，它絕不是我的能力所能負擔；然而我隱隱約約，不期而遇或者稱習慣性使然，總會不由自主地使用如此的思索方式，最後可想而知，終究是鎩羽而歸。

如今我試圖做它、思考它，以我個人所知有限的觀點；而首先我必須修正前述的思考邏輯。假設這樣說：應該從整個大土地的觀點去探討原住民的音樂舞蹈行走在這片土地之上的道路。

首先映入我眼簾的想像，便是數百年前在這塊肥沃土地之上爭戰的殺伐景象。那時代的拓荒移民可能無緣於舞台上、九族文化村、部落廣場、有幸欣賞原住民各族的舞蹈祭典。

那時代各族互相爭奪土地，爲土地衝突流血。

如今，在承續原住民古老文化的堅持理念中艱苦走出一條路的野生舞團——原舞者，正一站接一站地巡迴全台灣各地的舞台上，唱出土地的古老聲音。他們成功地做到一點，魯凱族、泰雅族、排灣族、布農族、卑南族和阿美族的舞者依然能唱著曹族的歌，舞曹族的舞。台下扮演漢人角色的我，正努力將曹族優美的歌詠銘記在心。因爲它每次由舞者吟唱皆能感動我，深深吸引我。它的確是千古不變的好歌詠，彷彿我的心靈也能悠悠吟唱。

這是一個很好的象徵，我們從來不曾注意它的發展。我們認爲這兩三百年來的人道進展是必然的。在現代文明之中，不可能再有兩三年前的殺伐爭奪景象。這兩個時代之間重大的差距是可預期的。其實，沒有人提醒我們殺伐仍然繼續，只是隱入歷史的黑暗角落中。兩三百年來，加之於原住民的迫害侵蝕並沒有中斷，並沒有消失，只是無形之中換了一種方式。大漢沙文主義仍在，另外再加上強勢的資本文明，連大漢本身的文化也逐漸在瓦解消失之中。因此我覺得原舞者當中的各族青年能一起學習各族的音樂舞蹈，瞭解互相的文化傳統，是很好的象徵；就像我期望曹族的迎神曲和戰歌能成爲世界名曲，成爲台灣人人能唱的歌謠，一種新的本土文化的認知象徵。

迎神曲是這塊土地之上曹族的歌，也是這塊土地之上人人可傳頌的歌，凡是好的歌謠，也無法互分種族地傳唱下去。而原舞者，恰巧擔當了這份角色。他們學習、承續、淨化、傳播一種正在發展的象徵，原住民舞蹈音樂的尊嚴試圖再站起，不是娛樂佳賓的工具，不是觀光商業賣點，也不是專供人類學田野調查的研究對象。而是宣示一種尊嚴，他們有能力站在舞台上向世人點醒他們的驕傲和自信；這樣的過程很重要。

原舞者在全省巡演時，它確實達成了恢復原住民自信與尊嚴的任務。它幾乎打破了一般人對於原住民音樂舞蹈所持有的固定印象，僵硬思考模式；原舞者的舞者們不喜歡被人稱作表演「山地歌舞」。它也幾乎衝破了原住民的舞蹈音樂被一再剝削踐踏的宿命；

原舞者幾近艱難地完成它的階段性理想；他們，自己將要做主人。

事實上，漢人眼中的山地歌舞，一直有它觀光商業的歷史發展，這種歷史的扭曲由來已久，連原住民本身多少也有無知的認同，沒有人敢輕易嘗試改變。另一種模式則是一紙政府公文或者透過個人關係，集合全村部落的長者，本族的傳統祭祀歌舞，到城市中心的廣場或舞台，配合節令演出，演完也就解散了。它只向台灣人民展示有這種好東西，但從未打算告訴人們這種好東西能否長久保存展示。這種模式的成就只集中在掛名召集人或藝術總監的人身上，演出者實際上是一種被剝削的勞工，而且數量龐大，氣勢可以懾人，然而這樣的舞台形式沒有過去，也缺乏未來，彷彿是文化藝術圈中的短線操作股票。

山地歌舞在廣場或國家舞台上演過好多次了，但從來未曾有國家級的原住民民族舞團出現。曾經有國立藝術學院採擷宜灣阿美的舞蹈演出，有各族部落預備上台北國家劇院表演，有專爲慶祝總統就職週年的魯凱族青年合唱團，在官辦的國際合唱節，躋身國際表演團體之列，一點也不遜色。

如今有一個艱苦行走的野生原住民舞團，正在全省各地疲累巡演，撒播它的種子，尋求生存之路。它的野生精神，它的象徵意義，它能否成爲堅持理念的專業舞團，皆是一條值得思索與行進的道路。

原舞者本身組成的歷程，便是重蹈一次清晰的「山地歌舞」被剝削的固定模式，只不過他們打破了這種被剝削的架構，向原住民社會的內部毒素挑戰，不僅在實質上不再被剝削，在心靈上也不再被剝削了。

內部毒素之圖利個人，往往以令人不知防備的「山地文化傳統歌舞」爲保護膜，不惜販賣祖先文化，更以發揚古老的原住民文化爲藉口，剝削參與者的心靈與肉體。原舞者成功地擺脫心靈剝削的陰影，在於他們從全省的舞台上，拾回自信與尊嚴。

然而它的六月巡演，幾乎又陷入另一種爲爭取國家補助的無情剝削之中。跳脫出原住民社會互相吞食的狹小資源與有限格局，如今才正式面對強勢文化下具支配性格的國家暴力機器。有演出才有生命，是舞團行走的必然道理。而且在文建會淪爲「文化救濟院」的荒謬結構下，舞團每踏出一步，皆艱難異常。演出後等待審核、引頸盼補助、繳收據、看計畫。似乎舞團挨餓、借貸是天經地義之事。

分給弱勢原住民的大餅，只是十分之一，百分之一，有多少內部毒素想要分食。反而民間力量的覺醒伸援，是促使原舞者野生下去的主要原因。這股清流，只能在民間流行。

原舞者收到許多捐款，聽到許多不要解散的鼓勵聲；原住民的舞蹈音樂是崛起於台灣土地的一種新的尊嚴，全台灣人民的尊嚴與希望象徵，本土文化復興的新力量。在台灣，這樣的古老聲音掙扎奮鬥數十年，到如今才有機會向世人展現新的希望。原住民的舞蹈音樂的珍貴思索方向也在於此。

花俏與謀利的時代已過去。

娛樂佳賓的豐年時代已過去。

尊重原本的時代來臨！

一九九一、七、七《自由時報》

希望之旅

——記「原舞者」第一次土地巡演

王家祥

這一次全臺灣十八場的巡迴演出，對於他們來說，是一趟土地的旅行，發現自己的生命，找尋生存之路。

五月中旬，爲「原舞者」募款的工作，正默默地進行。所有的服裝費、交通費、舞者三餐開銷、薪水、行政雜支、海報宣傳，暫時只能由募款一點一滴來籌措，因此憂慮的情緒以及明擺眼前的龐大困難，正日以繼夜地侵襲我們這一群幕後推動的朋友。

發不出薪資，如何對舞者們交代？他們已經被剝削四個月，毫無收入。如今信任我們，不願離開這個重新站立的舞團。我們的心也虧對他們。但我們又何苦來哉，甘心扛起這個路途坎坷的舞團命運，只憑一些高飛空中的理想。於是我們的心左右搖擺掙扎，也有動搖的時刻，也有灰心喪意的時刻，也有想放棄的念頭。疲累與苦悶的疾病，時時陰魂不散地纏繞無休。

然而每當聽見他們唱起祖先的歌，看見他們學習祖先的舞；那種不明原因的熱血澎湃與信心再起，倒也奇怪地次次靈驗，彷彿是一種永恆的咒語，治療我的心靈，或者迷惑我繼續深陷下去。我無法不感動，我無法不肯定他們。這似乎是一次風起雲湧的契機。而我，有幸參與；即使我苦悶挫折與狂野澎湃的心情交錯不已。

五月三十一日，原舞者舞團成立大會，在鳳山老人活動中心舉行。議會質詢，政府官員皆去列席，舞團所發函邀請的大人物無法來參加。大會原定九點開始，對於記者們來說是早了點，會場冷冷清清，只有縣府社工請了些老人大學的阿公阿婆順道捧個人場。一直關心原舞者的縣府婦幼中心主任王淑英博士帶了一票朋友前來，洪田浚、林明德、凃幸枝也來了。

吳錦發在台上代替重感冒的藝術指導崔國強說明舞團成立的原委。他可是卯足了全勁推動這個舞團的生存；由他來講最適合不過了。我在台下遠遠地看著這個台灣中生代的作家，我的學長與好友。突然想起世上還存在著這樣的傻瓜，這樣拼命捉著天空中高懸的理想的人，也不知應該安慰欣喜或者感嘆抱怨！也許我的價值觀、我的信心，也開始模糊動搖了。

吳錦發慷慨激昂地陳述，舞團生存至今半年，只得到政府七萬元的補助，而且是窮困的地方政府高雄縣的補助。舞團的吃住、交通、服裝費用，全靠文化界後援會一點一滴的募款；我終於知道我們疲憊的原因了。難怪有心推動文化藝術的知識份子苦悶疲累。很不幸我們遇到一個大有爲的政府，只會說要發揚文化，說說而已。文建會很可惜只是淪爲與民間基金會一般，一種文化救濟院式的格局。惜寶的沒幾位，雪中送炭者皆是眼光高遠的菁英，偏偏這群菁英佔極少數，而大多數社會改革的責任又落在他們身上，疲累不已呀！疲累不已。

我想起那位將一個月稿費所得悉數捐出的清苦作家，他的整月所得也不過五千元，苦哈哈！另外一位親自將捐款裝在信封內，送至民衆日報託人轉交給吳錦發，他的信署名識字不多的工人，不通順的文筆證明他很少使用書信；信中說明因不太會使用銀行劃撥，乾脆直接跑一趟，並請我們繼續努力。我們知道那筆錢是一個工人勞力換來的血汗錢，因此我們深覺責任更重了。

我不明瞭爲何對社會的苦悶和憂慮皆落在這些人身上。他們所負擔的責任已經夠重的了，還要如此良性壓榨他們。一個清苦作家的所得和一個勞力工人的所得，同樣是高貴驕傲的錢。每次當我快要灰心喪意之時，我便想起他們。

六月一日，週六，下午三點。成大光復校區大門口廣場。

成大山服社邀請原舞者爲他們舉辦的「高山常青」原住民週作開場的序幕。這一群關心原住民的大學生在中午即展開演出場地的佈置工作，汗流浹背。我隨著原舞者舞團在中午十二點半到來；廣場上陽光炙人，舞者們將有一場艱苦的演出。這是原舞者展開全島巡迴旅行演出前的熱身，也是舞台演出前的最後一場廣場表演。

原舞者的演出形式適合小劇場的舞台。他們目前只有十六位舞者，屬於中型舞團。一般人的固定觀念中，山地歌舞往往侷限於廣場形態的演出，而且演出者似乎愈多愈熱鬧，愈精采。實際上以往的格式也都遵循此種印象而行。然而一個打算朝向專業水平邁進的原住民舞團，不可能長期維持數量龐大的編制。它必須朝著精緻化的舞台形式邁進，才有可能提昇藝術生命的內涵，拾回原住民音樂舞蹈的眞正價值與尊嚴。

原舞者曾經在各鄉野城市之間作了幾場廣場形式的演出，那是他們掙扎奮鬥的艱苦時期。廣場演出有其困難、辛苦的一面；由於原舞者的音樂，全由舞者清唱，廣場上的音效容易分散，即使舞者聲嘶力竭，合音的效果仍得大打折扣。而且舞者的傳統服飾披掛繁複，在烈陽下穿著笨重的服裝起舞是一件極度辛勞的挑戰。

原舞者在幾度摸索試煉之後，才清楚自己適合的方向。打破既往社會加諸於原住民歌舞的錯誤觀念，倒成了他們的一項意外任務。然而廣場也出乎意料地成爲訓練舞者耐力，磨練舞者實力的地方。

在廣場上與大學生面對面接觸，對於年輕舞者是一次難得的經驗。副團長柯梅英即興地教導廣場上的學生們加入舞蹈行列。舞者們也頭一次體會與清純學生們共舞，指導他們自己祖先的舞詠藝術。這有助於舞者們對於本身認知與信心的加強。如此難得的經驗，有助於舞者更加熱愛自己的表演藝術。

往後原舞者仍將會遇見令人尷尬的廣場場地。諸如此類由於邀請者本身固定的思考模式，導致不尊重舞團風格的無心之過，仍會一再發生；也只有靠原舞者本身的努力贏得尊重，打開一條原住民尊嚴的坦蕩之途。

此次成大廣場的熱身演出，舞者青婷的脚踝不幸扭傷，嚴重影響到她往後十七場的舞台生命。毫無彈性的水泥地面，對於劇烈舞動的脚踝，是一種非常危險的傷害。學習保護與尊重舞者，是此時舞團刻不容緩的要題。

六月三日，靜宜女子大學，文學院小劇場。

在潔淨的女子大學裏，面對年輕天眞的女學生，對於原舞者來說，是一項新奇美好的接觸。女學生們非常熱情；原住民舞團蒞校演出，是絕少僅有的經驗。

靜宜大學是原舞者海報上演出的第一站，也是面臨正式的台北首演前唯一的舞台熱身機會。這場機緣必須遠溯至原舞者至美濃鍾理和紀念館義演，恰巧遇見靜宜大學中文系師生；當場的演出令她們非常感動，便特地邀請原舞者專程至靜宜大學演出。

五月的那場機緣，引發六月的這場熱情。舞台演罷，學生們仍不肯罷休，要求與舞者共舞。於是，三四百人便在星空下的廣場上忘情地舞蹈，興奮地學習各族簡單的舞步。歡笑與狂喜在阿美族即興的波浪舞蹈中達到高潮，學生們皆忘我了。中文系系主任在現場大聲地說：「文學院小劇場終於又恢復了生命，讓我們下一次光復女生宿舍吧！」表情顯得非常興奮。平時保守沈靜的女生校園，的確因原舞者帶來的原住民舞蹈而恢復生機，充滿希望。

一個不可思議的夜晚，突然一切便滿溢生命。這也證明原住民的樂舞歷經千百年的演化傳承，早已是土地力量的代表，任何人皆能輕易感染他們強烈的生命慾望；只要他懂得尊重。相信原舞者優美動人的舞詠必能在校園中留下深刻的記憶和回應。這群年輕學子能夠感受他們的音樂舞蹈是如此的高尚智慧，瞭解與尊重成了必然的體認，原舞者便不虛此行。而後援會的一個小小想法，也在於讓失根的年輕一代尋找認知什麼是本土文化。

校園的這一代年輕人，將來也許能夠成爲瞭解與尊重原住民的一群知識份子，傳播觀念，讓和平的想法擴大。因此計畫中十月的校園巡演便變得很重要，原舞者擔負著散播種子或者點燃火把的角色。校園的一場演出，其影響的深遠，也許遠比文化中心的舞台來得大。

六月五日，台灣原舞者舞團於台北皇冠藝術中心舉行台北首演記者會。舞者們首先試演了一小段鄒族的樂舞。與會的二十多位記者似乎被這個異於以往一般表演藝術的野生舞團及其古老優美的神祕樂音所深深吸引，一再要求安可並且熱烈發問，久久不願離去，直至記者會正式結束後，仍有不少記者留在現場繼續與舞者交談。

我深刻了解記者們受吸引的原因。相信這些跑慣藝文消息，看多了音樂會的記者們，心靈受到很大的撞擊。那些異於往常的發音，古老的舞步，樸實卻堅強的肢體語言，從未在台北出現。台灣土地原本的聲音，眞正的舞蹈，掙扎奮鬥了數十年，彷彿又回到了現代的台北，以完整的舞台形式呈現，在這塊疏離的土地上重生。

那種質樸的神祕力量強烈地傳遞於每一位觀者的思想與肌肉之中，不分時空，久久不會散去。可以預見的，都市人心靈的甦醒並不困難，原舞者正好扮演土地與人們之間溝通的靈媒。

六月六日。海報未能及時印妥寄達各縣市文化中心。在匆促緊湊的時間內，文化中心懷疑觀衆能來到幾成。原舞者的演出便面臨一個問題：各縣市知道他們的人並不多。由於經紀制度在國內尙未起步，推動一個舞團的成長非常辛苦，紛亂而雜碎，依我們的行政能力，能找到一百個觀衆，就一百個觀衆，藝術無法勉強，必須順其自然地成長，以隨緣的方式。此次巡迴的重點，放在訓練舞者，尋找舞團的風格，並不急於求功。然而現實的環境迫使他們在第一次巡迴演出便必須成功而積極，否則舞團的生存便有危險。沒有時間、沒有經費、沒有空間，可以允許舞團尋找摸索，慢慢成長。

每一次的演出皆是一場生存的搏鬥。此次的巡迴彷彿是一趟希望之旅，冒險之旅，尋求生存的契機；朝向未知之路邁進，反而比成名之後有趣多了。

六月七日，午後大雷雨，板橋。

兩點到達排練場地。板橋文化中心的舞台是類似小劇場的設計，有八百個座位，整體的空間感不大，十六個人的舞團，恰好擺進去，不會顯得太渺小，舞者清唱的傳音效果可達最後排的座位，不需要麥克風的輔助，反而可符合他們的風格。原舞者越來越清楚自己適合在小劇場形態的舞台演出，能夠凝聚住傳統優美的和聲，輕易散發出生命。

舞者們已經在台北市排練了兩天。下午正式場地的熟悉與排練又必須重頭來一次；大家隨意地感覺舞台的走位，讓身體慢慢熱起來。他們並沒有接受過正式而嚴謹的舞蹈訓練，不懂得職業舞者利用呼吸來調節爆發潛力的方法，今晚面臨的首演壓力又非常之大，我眞爲他們躭心是否會演出走樣！

他們只有十六位，除了一位林牧師因年老而專職行政文書以外，十五位舞者不能再允許任何一位失常或生病，任何一位舞者的臨時退出或者出狀況，勢必影響整體的演出氣勢，增加其他舞者在唱音方面的負荷，甚至導致整個舞團演出的失敗。也就是說，這個原住民舞團在極困難的環境下成長，目前一切皆用盡了極限，使盡了全力，每走一步皆必須冒險！往後的十七場，根本不允許任何一位舞者受傷或生病。他們人已經少得可憐，每位都必須親自上場，場場上陣，無人可以替代休息，沒有兩組人馬可以輪番上陣。往後舞者所面臨的，是日夜不停的體力折磨與耐力挑戰。彷彿誰撐得過去，誰就能成爲眞正的原舞者，如同在部落裏的祭典節日一般，歌唱舞蹈三天三夜，日夜不輟，承繼了祖先的光榮。

他們是一個成長中的舞團，事事皆艱辛。早期後援會爲他們募款訓練的年代，時常是一個不知明日飯錢的年代，全團的經費時時只剩下八、九千塊，幾乎見底，籌不出生活費用的危險境況也有發生。如今他們走出來了，來到台北，像一場夢似地，不可思議！

他們的確需要學習更多的專業訓練，學習在舞蹈中如何不受運動傷害，學習如何在演出前蘊蓄潛力，然後像箭一般在演出時準確爆發出來，學習如何發音和呼吸，學習正確的熱身方式，學習調適體力，學習職業舞者的敬業以及對舞台生命的熱愛。

如今他們擁有的，只有堅韌耐磨的草根性格，一種類似素人畫家的自發性潛力蘊釀，不自覺地從他們的練習之中宣洩出來。或者可稱之爲「野生精神」。

喜悅的是，野生舞者不僅是他們自身引以爲傲的寶藏，並且也是社會應該期盼及思索的象徵。

六月八日，苗栗縣文化中心。

大雨一直下到開演前五分鐘才停。七點二十五分，現場觀衆來不到一百人，文化中心的管理人員不得不決定延後開演時間；據他們說，這在鄉下是常有的事，況且今晚又遇上大雷雨。泰雅族舞者的鄉親父老皆被大雨困住了，留在泰安鄉山上的村中，無法趕下來。據說原本他們有一、二百人要下山來，如今到場的皆是住在苗栗市的原住民。

我爲舞者們捏一把冷汗，不曉得他們是否在意！是否能有職業舞者的敬業精神和平常心。今晚，這是他們必須學習的。而且出人意料的，在下鄉巡迴的第一場，他們便碰上了。掌聲和觀衆，在長久以來，便是舞者的生命。

況且今晚不同。苗栗，一直被原舞者視爲重要之地。舞團中有六位泰雅族舞者。他們等於是回到自己的家鄉尋求鄉親和父母的瞭解支持，以及最重要的肯定。尋求前六個月來煎熬折磨、孤獨奮鬥的諒解。

大雨一停、奇蹟似地觀衆便陸續趕來，車子一輛接一輛開入停車場，鄉親們撐傘而來，脚上是溼淋淋的拖鞋。當然，我們不能指望衣冠楚楚的觀衆。除了部分熟悉劇場管理，常常參與藝文活動的觀衆外，大部分的鄉親皆扶老攜幼，宛若參與一場廟會或豐年祭。七點五十分，不能再拖延了，全場一千多個座位，坐滿五成。老舊而傳統的演藝廳內，熱鬧非凡；此地的文化中心，無法拒絕年幼的小孩和閃光燈，可預期的，舞者們必須首度面臨場面冷清卻不被尊重的尷尬場面，滿場小孩子的喧嘩走動聲。

此地的觀衆倒成了今晚我觀察的重點，與昨晚在板橋文化中心，觀衆坐滿九成，冠蓋雲集的場面相較，今晚可能是強烈的冷熱對比。昨夜觀衆的情緒非常高昂，掌聲熱烈。舞蹈家林懷民淋著小雨，在開演前五分鐘趕來，他的一群舞者早已在門口焦急等候。國立藝術學院舞蹈系主任平珩、學者明立國、自立晚報林文義、中時晚報盧健英、黃素英、作家黃有德和她的小女兒，以及舞蹈系的教授學生，甚至微宛然掌中劇的朋友們，這些關懷原舞者的台北藝文界友人皆來參加此一盛會。

原舞者的確是受知識份子矚目的。長久以來，相信這些苦悶的心靈與我相同，一直在追尋一種本土的東西，足以代表這塊土地的尊嚴，人民的聲音，認同的信心。說得狹義一點，追尋本土的眞正文化吧！這個海島國家的移民性格與歷史包袱，始終使得他們不了解這座島的眞正歷史，始終無法整理體認出屬於自己的角色！說得廣義一點，追尋「根」的新落點，入土之處，畢竟這是一個徬徨迷惑，左右搖擺，有根無處落的年代。

小說家黃有德的小女兒捐出了她的零用積蓄二千元。這筆錢對於一位就讀國小的小女孩是一筆大數目。小女孩非常喜歡原舞者那一晚的演出，當她從媽媽那兒得知他們的困境，當場毫不猶豫地捐出她的點滴積蓄，託她的母親捎一封信給我們，要我們繼續努力！當我讀到那封信，我知道，一個小女孩的心意具有無比的鼓舞力量。我的情緒振奮不已。

終場結束後，林懷民和明立國等人仍然一直留在現場鼓勵他們，誠懇地給舞者們一些舞蹈上的建議，並且目送舞者們搭車離去。對於原舞者而言，這是一場成功而榮譽的演出，在他們的人生經驗上留下永難忘懷的一頁，絕不是金錢所能比擬的。

今晚，原舞者所面對的，是完全不同於台北的觀衆。即使原舞者所表現的，完全是屬於本土色彩的東西，然而原舞者所站立的舞台以及其設計的表演形式，仍舊移植自西方，當然劇場管理的方式也遵循西方的精神。在台北，原舞者得到舞台上一位敬業的表演者所應得到的尊重。可是在古老封閉的鄉鎮，自己的鄉親面前，即使是和自己具有相同文化背景的族人面前，精心設計的包裝與舞台，可不一定能讓觀衆更了解他們，或者尊重他們。一方面由於藝文風氣未開，觀衆的層次參差不齊，不遵守西方式的劇場管理，不懂得尊重舞者。一方面，也是由於封閉已久的固定思考模式，對於「山地歌舞」既有的偏見，對於原住民的音樂舞蹈與西方舞台的結合，仍舊無法嚴肅地認知。要打破這些偏見，竟然成爲舞者們一項意外而艱難的挑戰。

六月九日，新竹市立文化中心。

從六月五日記者會那天開始，原舞者多了一位重要的台北朋友。劇場工作者陳錦誠加入了我們，在專業的舞台領域，幕後給予原舞者很大的協助。

苗栗演罷，原舞者當夜冒雨直奔新竹，投宿聖經書院。新竹市人文薈萃，文風鼎盛。在那裏原舞者遇見一群關心本土文化的人士，極度禮遇他們。即使如此，即使具有強烈台灣本土意識的知識份子，原住民的音樂舞蹈仍然不在他們原本的思考範疇之內，習慣使然，或由於認識不清，因此，原住民的文化提昇與尊重，自然也不在他們思考的核心之內，而處於邊緣與次要的地位。這是一般漢人，以及即使對這塊土地抱有強烈感情及使命的人，仍會常犯的錯誤。

這是我或者原舞者初次遇見他們的首要印象。令人有點沮喪。其實，除了漢人的閩南文化和客家文化之本土意識外，原住民的文化不僅是本土文化的一支，理應享有平等的地位，納入思考統籌的範圍之內，而且實在應該虛心體認到，原住民文化才是這塊土地眞正有力的代表，古老的聲音，由不得任何人否定。當然，這也需要原住民對自身文化有力的吶喊。

而事實上，在新竹的這一夜，原舞者便扮演了這用力吶喊的角色。它首先找回了自身的尊嚴，然後才贏得漢人朋友的尊重與重新思考。它的角色是受人矚目的，然而離它能代表台灣土地的精神象徵，還有很長一段要努力行走的道路。

陳錦誠獨力擔負全場調燈的繁碎工作；清大文學所所長陳萬益教授千叮嚀，萬囑咐，下一次一定要到清大演出，並且當場捐贈加菜金。一位老醫生林茂松，一位勞工朋友林青松的熱情捐助，皆令我對風城新竹印象深刻。

六月十一日，台中縣立文化中心，豐原。

舞者們休歇一日，獲得體力與精神上的短暫喘息。

連日來，舞團在中、北部奔波巡演，借宿於朋友家中，睡地板，排隊洗澡，甚至有人半夜仍在洗衣服。取無定所的日子不好過，洗滌的衣物還未晾乾，又要換一處地方；克難的生活，連我這個隨團攝影師都吃不消。

豐原那一晚的某些觀眾表現，讓前去欣賞原舞者演出的泰雅族作家瓦歷斯・諾幹憤憤不平。他認爲漢人不應以既有的「山地歌舞」思考模式來看待他們。我說還好啦！這事我們早已遇過，某些觀眾只是認爲原舞者不夠熱鬧花俏，奇怪怎麼缺少佈景道具而已。觀眾需要時間學習，原舞者要證明給他們看，讓他們知道學習！

六月十二日，桃園縣立文化中心。

有幾位外籍的舞蹈老師和學者，連續看了他們在板橋、台中、桃園的幾場演出，可見原舞者所受外國朋友的重視。劇場工作者陳錦誠說，外籍舞者評鑑一個舞團，並不單單只由一場演出的完美來決定。舞者也應有達成每一場演出完美的準備和期許。這是原舞者從來不曾面對且必須學習的敬業精神和挑戰。

舞團台中演罷，又立即回奔桃園，非常疲憊，高速公路成了他們白天裏眼中的唯一景觀。

我知道舞者們強烈地需要掌聲。他們還未成爲專業舞者，這是他們的首度巡演，在體力不支的沈重負荷之下，掌聲是致使他們咬牙苦撐的重要力量。

每場舞者們享受掌聲的歡愉表情背後，是無終無止的肢體折磨、汗水交換。他們甘心情願。

但我看得出他們在台中已有點失常，表現不穩。

桃園這一場，復興鄉泰雅族村落，一共來了四輛遊覽車，舞者們奇蹟似地又恢復正常，演出完美、掌聲熱烈。

他們是天生適合手舞足蹈的民族，一點也不錯。

他們感動人的，亦即是那兩個小時劇烈地不停清唱舞躍，所表現的原始生命力，令人驚歎的生命力。

我迷惑不已，訝異不已！

六月十五日，南投縣立文化中心。

此次原舞者全省巡迴演出的藝術指導崔國強說：「原舞者要表達的是從原點的思考，從本源來看問題。從台灣文化及美學發生的地方來探討台灣歌舞之精神，來省思台灣人的本來面目及原始藝術觀。

「山水篇是此次巡迴的主題，也是舞團未來將不斷再現及變奏的一個主題。台灣的環境是影響台灣歌舞形成的一條重要線索。這種自然對人文的影響，今天仍可在原住民歌舞中找到其淵源。

「原舞者是台灣人心靈返鄉的嚮導，舞者們的舞蹈開啓城市塵封的天空；他們能夠帶領觀衆看到蔚藍的天、蒼鬱的林野和無際的海洋。每一次的歌舞練習，我的心都是這樣狂野地馳騁在台灣的山川大地。」

吳錦發說：「你們都是我血肉相連的兄弟姊妹……。

「向前走，什密攏不驚！」

林懷民說：「原舞者所表現的節奏、張力、歌聲中的和諧、天然，是其他舞團所難以比擬、取代的……。」

中時晚報出現的評論是：靠山的鄒族歌舞顯得神聖內斂，近海的阿美族歌舞動作顯得柔美活潑，尤其在嘹亮齊唱的歌聲中，舞者在汗水裏凝聚出越來越強的張力。

六月十八日，虎尾鎮公所中山堂。

鄉下的觀衆來不到一百人。舞者們預期可知，照常演出。然而今晚的掌聲卻出乎意外地熱烈。

六月十九日，台南縣立文化中心，新營。

廣大的土地之上雲層濃厚，乾旱終於解除。車行之處，不時遇見西北雨。我們的車隊，朝向新營方向奔馳而去。嘉南平原，一期稻作有的已收成，有的金黃閃閃。

另一場尋求生存的希望之旅，正在嘉南平原展開。

我彷彿看見大地之上舞躍的能量，充溢於雲層之中，土地的聲音在雨中淅瀝作響。尋求生存，在台灣並不容易，這一群平凡卻可敬的舞者，別人對他們的要求很多，他們做到了。他們對別人卻沒什麼奢求，我覺得虧欠他們。

新營的台南縣文化中心，有九百個座位，今晚坐滿八成。

他們來自草衙，一處被藝文活動排拒於外的偏遠落後區域。那兒只有無數紊亂的違章建築，一波又一波龐大的貨櫃車隊，配合高聳冰冷的灰色廠房和倉庫碼頭，以及夾雜瑟縮其間苦悶生活的阿美族勞工群。

草衙有一萬多名阿美族人居於其中，當然還有其他無數苦悶的勞工心靈。

能在不屬於精華台北的邊陲地帶，誕生一個優秀的本土性舞團，至少欣喜地說明了幾件事：台北文化只能代表最少的台灣文化，台灣人不應只有引頸長盼外來的所謂「高水準表演團體」，應多多注意關懷城市周遭萌芽的小草。那種自文化上的「荒野」所萌芽茁壯的小草，實因荒野豐富的生命孕育而擁有古老深刻的內涵。

那片心靈上的荒野也曾孕育出現代都市中的你和我。你和那小草同屬於這一塊土地上的生命，任何人皆有一份榮幸參與本土文化的見證與追尋。他們未來的路還很漫長，也許我們看不到前衛的實驗性演出，因爲荒野的遺產太豐富了，繼承都來不及。原舞者便是如此情況下的小草，一種荒野文化下的野生舞團。

六月二十日，鳳山國父紀念館。

一千個座位坐滿了。

巡迴演出是一項疲累的挑戰。

截至目前爲止，他們已經跳了十二場，由於偏重舞蹈的動作修正，在音樂的發聲方面並沒有注意，舞者的歌唱呈現不穩定。前面的幾場，有的幾乎近於完美，有的卻時生狀況；除了場地因新舊不同，適用程度而有遇強則強，遇弱則弱的演出外，欠缺專業的訓練也是導致他們不穩定的原因之一。

有一位舞蹈家主張不必要在原住民舞蹈中添加什麼專業的東西，不需要施予原住民舞者什麼專業的舞蹈訓練；她憂心如此做反而會破壞原住民音樂舞蹈原本的內涵，或者任何她無法形容的原味。她極力反對爲原舞者開設思想文化以及舞蹈的課程，認爲只要讓舞者快快樂樂地體會原住民樂舞的樂趣，那種舞蹈的自由和源本便能達成。

的確，他們的音樂採用清唱的方式，不需要任何樂器。使用音響擴音只會破壞原本的清質；他們的舞蹈起源於高山大海，在那種荒野之地並沒有燈光，因此花俏的燈光，很可能只會畫蛇添足。

而「山水篇」的設計，是走向精緻化的第一個思考過程，美學本源的發生問題瞭解以後，精緻的表演藝術才有可能出現，這便是他們不同於任何山地歌舞表演團體的地方。而「原舞者」的定義，便在於是一個能夠聽到原始心靈呼喚的舞者。要能夠傾聽山脈的氣息，要去感受海洋的搏動，領受荒野的聲音，擁有一顆野生不拘的心之後，你就是原舞者！

只要你時常與原住民祖先共舞，在歌舞之中自然有人告訴你。

然而美學本源的發生問題瞭解以後，舞者體會出身爲「原」的意義之後，搬上精緻的舞台枱面，且接連面對十八場必須完成的挑戰，體力負荷與期盼完美雙方拉鋸之下，專業的素養與專業的範圍便不得不重新思考。

鳳山這一場，學音樂的原住民知識份子林明德便說，男舞者的嗓音已破，需要長期復原；女音的合聲也不穩定。即使沙啞的嗓音有一種粗獷原始的味道，但整體的爆發力並無法呈現，這也許與下午排練時缺乏專業的熱身方式有關。幾乎每日一場的緊湊演出，單靠天賦撐持，總有用盡的一天。舞者不懂得調節體力，不懂得保護喉嚨，激發潛能，對本身及整體演出，都是很大的冒險。

事前的熱身，非常重要。原舞者不僅是舞者，也是唱者。在舞蹈的同時，必須同步歌唱，因此負擔變得很重；演出前缺乏正確的發音練習、呼吸方法，無法將喉嚨放開，很容易便在演出時唱走調；尤其在著重合音的曹族音樂，他們便有此種隱憂。

因此肢體的熱身，逐漸蘊蓄爆發力，呼吸，配合喉部的解放，是他們必須學習的專業範圍。他們在單一場的表演裏，運用天賦，簡直無懈可擊。然而，假如一場接著一場，他們很快便會暴露出弱點，置身險境。

六月二十一日，屏東中正藝術館。

我常聽到原舞者巡演的小故事是這樣的，很多原住民知識份子看完他們的表演之後，竟然落淚了。起初我不懂爲何這些人要落淚，看見原舞者成功演出，不是很好嗎？

後來終於有人告訴我，多年來，他第一次看見原住民的音樂舞蹈多麼有尊嚴地站立在舞台上，他非常激動，感覺血管裏的血正沸騰，無法克制。

今晚，屏東，原住民的激動令人印象深刻，即使舞者們因長期缺乏休養而明顯看出撐持的窘況。然而，舞者也因觀衆的全力激賞而再度爆發不可思議的力量。

他們學習、承續、傳播一種正在發展的象徵，原住民音樂舞蹈的尊嚴試圖再站起來。不是娛樂佳賓的工具，也不是專供人類學田野調查的研究對象，而是宣示一種尊嚴。原住民所有的尊嚴。

原舞者的舞者們原本也是一群草根性極強，生存於社會各角落的小人物，在現代資本社會強勢的消費文化浸禮之下，幾乎也都遺忘了自身的起源和潛力。這個舞團的再起使得他們也在學習；舞者們同樣也在尋找自身的起源和文化。由於舞蹈，由於音樂，他們認識了祖先的象徵，尋回尊嚴和自信。從模糊難辨到逐漸清晰，總算有人踏出了第一步。

六月二十三日，台東縣立文化中心。

清晨，從高雄出發往台東，傾盆大雨，風勢強勁。

車行於海岸山脈之中，顛簸迴旋，驚險萬分，車子不時因路面積水過多而熄火。台東在大雨之中翠綠異常，太平洋的海浪凶猛地拍打海岸。

一日皆大雨，在雨中行進工作皆困難。

舞者之中，有六人居住於東部，其中五人居住於台東縣境。這裏是他們極重視的地方。台東文化中心並無補助給原舞者，只能夠免費提供場地。舞團願意自費演出。他們有壓力，因爲台東是原住民各族分佈密集之處，卑南、阿美、排灣、布農、雅美、魯凱在此皆有部落。

從原舞群時期分裂出去的六個團員，加入在台東由林×美協助柯×美組成的另一個原族舞群，以便償還在先前對某育樂公司無法組團赴大陸演出之間的糾紛。當然柯×美已經無法像從前在原住民社會中招搖撞騙。然而她推出的代理人，卻依然讓高雄的原舞群事件在台東重演，依然排演從前的舞碼，依然打著要到大陸巡迴表演的招牌，依舊有育樂公司的陰影存在，甚至依舊哭窮喊飢。

長久以來，原住民音樂舞蹈被一再剝削扭曲的模式，似乎已成了一種難以消滅的癌症細胞，在原住民社會中不停流竄；打著「宣揚祖先文化」其實是「踐踏祖先文化」的歌舞販子，竟然在原住民社會中非常容易生存。一方面由於它的有利可圖，一方面由於原住民對祖先的音樂舞蹈遺產認識不清，導致病毒處處；以「祖先」的名義剝削原住民年輕人的心靈，將使得原住民文化的運途走入萬劫不復之中，不得不令人憂心忡忡。

原舞者似乎有了一個對手。實際上原族舞群依舊離不開山地歌舞的格局，以花俏、熱鬧取勝，不尊重原本。他們拿走從前原舞群時期柯×美訂製的服裝道具。而柯的格局仍然侷限在九族文化村式觀光性質的歌舞，連服裝皆不考據，錯得離譜。並不尊重原住民的音樂舞蹈。因此他們在台北演出時，無法獲得任何評價。

原舞者則已經跳脫出老舊格局，從堅持傳統，走上精緻舞台中，開創出一條新路。

每次我聽到他們的歌聲皆有一種莫名的感動。巡迴的生活總是不停地排練演出，演出排練。演出前的時刻安靜異常，我們等待觀衆。舞台逐漸由排演的熱絡歡笑趨於平靜、觀衆席逐漸從冷清無人轉爲生命處處。中間那一刻短暫平靜的心靈只有我們知道。舞者需要那一刻去整理自己。

我看得出他們逐漸熱愛表演，迷戀掌聲，如同他們迷戀音樂，總會忘情一樣。十六位原住民青年藝術家，多驕傲的名字。

六月二十四日，花蓮縣立文化中心

整日下著雨，從台東直奔花蓮，路程接近二百公里。海線公路早因連日大雨而坍方。舞團走山線公路，在大雨滂沱的公路奔馳三小時才到達花蓮。

下午排練時，有教育電台的記者來訪問錄音，台灣神學院的學生來看他們排練。這群學生在板橋看過他們的演出，放暑假回家，又在花蓮遇上，再度前來探望他們，並且說晚上一定來看演出。原舞者已經有了一群忠實觀衆。

很多原住民認爲原舞者詮釋祖先樂舞的表演形式，正是他們心裡多年盼望想要看到的，他們要找的，也就是這個。

訪問錄音時，崔國強提到，一個國家的國民所得要超過美金一萬元以上，社會才有能力養一個國家級舞團。而當務之急便是原住民舞團必須比國家級舞團先成立，否則最有資格代表台灣精神的原住民即將消失，還談什麼創作代表台灣文化的東西。

花蓮文化中心的劇場管理和建築設計皆是一流的，並不亞於台北。甚至觀衆的層次也有凌駕台北之上的趨勢。舞者得到很好的尊重，因此演出也格外賣力。作家田雅各、陳列以及一群關心原住民的醫生、音樂學者皆來看他們。

原舞者收到許多捐款，聽到許多不要解散的鼓勵聲，民間力量的覺醒伸援，是促使原舞者野生下去的主要原因。

六月二十八日，高雄國軍英雄館。

連續幾天的大雨，蘇花公路坍方，二十五日的宜蘭之行因時間緊急，無法及時趕到而被迫取消。舞團往回奔馳，二十七日赴彰化演出，如此跑遍整個台灣，終於熬到最後一場了。

巡迴演出已經使他們的肌肉疲憊，喉嚨疼痛，心神憔悴，但也使得舞碼更加純熟精煉、體力耐力增進。他們對於兩支舞碼已非常熟練，但缺乏專業素養與疲累，使得他們表現不穩定。加上場地如果欠佳，壓力過大，便容易失常。他們有時候一場好，一場壞，有時候幾近完美，有時候卻接連失誤，然而上一場出現閃失之後，下一場便會表現特別好，然後下下場又鬆懈下來。

我不懂這到底是原住民的天性鬆散使然，抑是他們缺乏專業的舞者訓練。內部管理和不穩定便是他們的隱憂。

原舞者已經艱辛地達成它的階段性任務，它幾乎打破了一般人對於原住民樂舞所持有的固定印象，僵硬思考模式，它也幾乎衝破了原住民的音樂舞蹈被一再剝削踐踏的宿命，尋回自尊與信心。

今晚的演出，出現了往日不曾見過的驚人爆發力。我知道舞者們想要在結束前全力爭取一個完美的句點，即使已經身心疲憊不堪。然而生存仍是個未知數。

一趟尋求生存的希望之旅，在今晚，這塊土地上光榮地結束。往後還有無數場，無數次生存搏鬥。我衷心希望他們不要感覺疲累！我的朋友們！

原住民的音樂舞蹈是崛起於台灣土地的一種新的尊嚴；全台灣人民的尊嚴與希望象徵。在台灣，這樣的古老聲音掙扎奮鬥數十年，至如今才有機會向世人展現新的希望。

日子憂傷地成群經過，我的高貴朋友們，你們要勇敢地行走！

一九九一、八、廿六《自立早報》

誰來共舞
——失卻舞台的原舞者

陳玉峯

來自高雄縣草衙地區的原住民舞團，從去年底成立迄今，其所遭遇的困頓與悲辛，實與原住民種族的命運如出一轍。此間幸賴南部文藝界的朋友紛紛解囊救急，復頻頻爲文籲請社會各界齊伸援手，爲拯救早已奄奄一息的原住民文化生機盡份人道。

終於在有關單位每場三萬元的補助之下，發揮月內連演十八場的驚人耐力，期能喚醒當前社會對台灣原住民文化的重視與反省，多位藝文朋友應邀前往觀賞，並一致爲文推介，訴求重點亦多指向政府單位的長期資助。

懷著同樣的允諾，筆者在六月二十七日前往彰化觀賞，然而，一個半小時的演出，看得我鼻酸目熱、憤恨塡膺，實無法援例向官老爺乞憐求助，也無法虛應故事、濫竽充數，內心感受五味紛雜，強烈的矛盾翻滾。

舞台上四男八女揮灑豆大汗珠，竭心盡力跳出他們的信仰與虔誠，祇是，直覺告訴我，它不屬於舞台，它只屬於台灣自然的山川大地，它的背景不該是這些僵硬、慘淡的人造俗物。現今它祇是籠中鳥，生機的光芒已隱晦，尤其祭典的舞碼最是褻瀆其文化的神髓。至少，我並沒有領會部分報導者所稱的「原汁原湯」、「文化界都給予極高評價」、「感染力教人激賞」，卻在淚光不時閃晃中，幢幢浮現滅種亡族的陰影，那是四百年來不斷上演的，歷史終結的大悲！

舞團的成員顯然分屬不同的族群，他們跳著原爲隸屬於不同部落、不同文化情境、不同自然環境孕育出的特定韻律與天脈。令人心酸的，原有的生命力不盡能在這等情境下激發，我更擔憂這樣的表演能否刺激當前社會的救贖力。

點燃我希望與興奮的火花，是那爲數不少、生活在彰市地區的原住民觀衆，不敢臆測他們眼光中流露出的激動與來自靈魂的快慰，是否可相比擬於長居異國的台灣客，欣見來自國內的文化藝術團或親朋？可以確定的，茫茫文明城的異文化體裡，同族人的相會，這等血流匯合的激盪就已足夠。

何況，以今日台灣的社經能力，夥同當局自詡的山地政策，像「原舞者」如此草根且自發性的團體，身負原文化的傳承與開創，竟然落得如此困窘，實在難以「噩運」來解釋；而潛存在整體社會，匯集數百年文化偏見的時空困境，一直以實質的蝕毀力量，摧殘已屆淪亡的人文資產，這才是台灣歷史痛徹入骨的悲情。

殘忍的現實恆常以裸露的印象鞭笞人，歷史更善於嘲諷。兩岸對照，中國有記年以來，台灣即有先民，已知的漢人東渡已是近世。而先期的事蹟，今人習於編織大漢沙豬神話，追敘外來人種尚處劣勢的時代。

當強大的外力進逼，資源、領域與各類文化的衝突，披著「天擇」的外衣血淚登場。荷蘭人的毛瑟槍排放之際，樹上的原住民紛紛掉落，土地的血跡依然斑斑；軍令森嚴的鄭家軍一來到，沙鹿的平埔旺族，不也一夕滅族!?

明清易幟，漢人強令返鄉，失耕的野牛群，在二百餘年的偷渡與隱田的氾濫聲中一一回籠，異文化悶不吭聲的戰火，逐次焚毀了平埔十族的記憶。腥羶的屠殺溯溪入山，慘絕人寰的埔里屠城、挖墳事件，青史猶憐殘存者「逃入內窋，聚族而嚎者月」；甲午年宰相典當台灣，帝國主義君臨寶島，受盡欺凌盡是亂世人，只便宜那少數的太平狗。

還是那泰雅族，淌盡最後一滴血祭告天地，霧社山林的忠魂，是每年仍舊盛放的杜鵑；簞食壺漿、慰迎王師的「台胞」，接下了大陸塊整個世紀的悲劇，再度寫下朝代更替的不幸，逼得戀父情結淪落，在亞細亞的流浪琴音裏，尋找自立的根系。而高山族群的劇碼，已屆曲終人散。

這是事實，台灣四百年來不斷輪替的異文化接觸，重複著夢魘般的舞碼，通常先是強勢對弱勢者施以滅族式的屠殺，繼之以招降、懷柔、誘騙，一俟主力殲滅，原住民無力反抗，則遂行遷民、劃界或防地，再行強制變更其生活型態、社會結構、政經模式，終之以否定其種（民）族價值，徹底摧毀其文化，此過程美其名曰同化。

同化過程導致人種相互傾軋的諸般悲劇，亦阻礙土地倫理一脈相承，造成台灣文化無可彌補的斷代。解析這些不幸的歷史事件，或可找出一些原則或較一致的現象，其中之一即：「凡種族年代愈古老，其處境與命運愈悲慘；愈是認同這一片土地者，遭受新來者的迫害也愈嚴重。」

於是，蒼涼的暮色中，殘存的原住民慟痛地覺醒，向社會傳心聲、爭合理，從謾罵、要求尊嚴、訴諸同情，經積極建設性的文化振興，乃至走上街頭請願、控訴與抗議，開展民族自決運動，表達基本人性、土地最底線的原權訴求，即令如此，原住民仍然是時下弱勢中的弱勢。不僅自主性的文化主體喪失，比漢人更漢化，竟成意識，更多數的人民卻長陷都市文明的泥淖，「男人上船、女人上床」，如同病毒的滋長與氾濫，較之屠殺更悲愴、更無奈的傷殘，在完全滅絕前，印記台灣史上永恆的污點。

不幸總是緊咬噩運，台灣在數十年文化與道德淪喪的亂流當中，優勢族群的反省能力不僅無有進展，價值判斷、道德水準與人道精神卻筆直墮落，這等文化情境的全盤衰退，相應於現代文明的拓展，如同自然資源之屢受摧殘，人文資產亦告急遽凋零，若以今世資源保育理念視之，人類文化的多樣性，相當於野生物之歧異度，因而近世以來台灣原住民的際遇，實與原生物種雷同，在徹底剷除原生生靈的政策導演下，漸漸步入世紀不歸路。

而台灣在新近十餘年來，一方面大談生態保育，適時表演樣板措施，培養酬庸分贓下的學閥林立，斲斷孕育民主與草根的可能性反對聲浪；另一方面誇言資源人用、最大開發，大肆營林開礦，長年引進高污染科技與外來物種，借助「科技中立」的神話與「專家政治」，逐步顛覆台灣的原始生態系，此等統治技巧的精進，比之日據時期「以夷制夷」、「生物統治法」，或所謂的「治台三策」，其傷害原土地文物的多樣性，效果更形強大，因而同一事物，經常存有兩極化的矛盾或對立，在矛盾或衝突中，專制特權遂行長期的暴利獲取，台灣森林的伐採如此，原住民的土地問題亦然。要言之，政治的本質停留在封建獨裁與傳統家天下的意識形態，官僚聚黨結派與分封，適將過往一個皇帝轉變爲千千萬萬的小皇帝！在這等官僚體系及漢族沙文偏見的雙重運作下，對原住民文化及自然資源的保育，實難寄以厚望。

再一層次的思考，文化的保育較諸野生物似乎更形複雜，但兩者同樣的必須摒棄種族本位，破除人本中心，進入綠色倫理的涵養與信仰。而文化高度的變動性，無從預測其必然，更重要的，文化是活生生的有機體，是更奧妙的生命，在詮釋或認知之前，必須有尊重的修養。

即以觀賞舞團表演爲例，原住民的反應而見諸報端者殆可歸三類態度。其一，強調異文化之接觸，應有相互尊重的涵養，避免輕狎的評論或侮辱；其二，強調反觀光化、反娛樂取向，說明儀式活動具有特定的時空與文化意義，一旦抽離其環境背景，則喪失其內在意識或自由心證的信仰；其三，試圖以尊嚴的原住民文化立場，向社會呈現台灣固有文化的精髓，喚起優勢文化的再思考。此外，筆者相信，更多的感歎、期待、悲愴與憤怒未見表達！

數千年來，人類繁多種族、部落頻頻遷徙，順應大氣變遷、地塊漂移、資源匱乏與再生，適應各種大小環境的挑戰與異類不等程度的互殘，人與天爭、人與人爭、歷史與未來纏鬥，無定則、無鐵律、無可預測。即令匯集今古智慧與知識，面對數百年煉獄的台灣原住民問題又當如何!?保育更非典藏，它應敬畏「活」的事物本身，至少讓它的自主性、一致性與傳承性，得以擺放在更恰當的位置，原住民未來的命運若何，不需無謂的爭議，對異文化的接納與寬容，才是外來人種自省與救贖的切入點。

一個舞團能否生存、茁壯，牽涉的因素甚多，也不代表當今政府或漢人社會對原住民的誠意如何。況且文化或藝術的問題，通常是坎坷萬千、柳暗花明。然而，隱含在「原舞者」背後，台灣本土文化整體的、歷史的困境，正可檢驗這一代人的文化水準，悲憫與寬闊的人道胸襟理應敞開。

如今保育文化逐漸萌發，救生、放生、求生、維生，各項運動方興未艾，文化資產的保育更形迫切，民間各種企業、產業刻正標榜回饋社會，任何有良知、認同台灣的人士，不妨考慮這份值得你付出的人道關懷；無論現實是如何不可能，筆者對原住民的基本態度，主張其種族自決、歸還其山地，分階段實施自治。

一九九一、八、廿九《民衆日報》

只要麥子不死

——與「原舞者」的訪談

瓦歷斯・諾幹（泰雅族）

⊙策劃／獵人文化

⊙時間／一九九一年十二月七日

⊙地點／東勢林場

⊙訪談人物／（依發言順序）

陳錦誠（「原舞者」執行製作）

巴辣夫（「原舞者」新進舞者）

孫金木（「原舞者」新進舞者）

呂玉華（「原舞者」新進舞者）

高金豪（「原舞者」新進舞者）

柯梅英（「原舞者」元老）

⊙整理／瓦歷斯・諾幹

瓦歷斯・諾幹（以下簡稱「瓦」）：今天這個機會很難得，藉著你們明天將在東勢林場的表演，能與各位聚在一塊，特別是看到新進的政大原住民舞者，感覺「原舞者」慢慢形成傳承的模式，實在令人欣喜。首先請教這幾個月裡爲「原舞者」東張西羅的陳錦誠先生，在什麼機緣下，毅然投入到「原舞者」的陣營裡？因爲在「原舞者」青黃不接的情況下，您的介入、參與，似乎是一劑強心針，讓「原舞者」更能紮實地走下去。

陳錦誠（以下簡稱「陳」）：行政院文化調查中有一項：「台灣地區展演藝術團體調查」，由吳靜吉主持，我也實際參與這項的研究調查，這一項調查是要了解台灣地區表演團體及基金會團體的現況，到南部訪查時藉由報紙的訊息再查詢當地文化中心，才發現「原舞者」這個特殊的團體，首先吸引我的是，在一個生活空間極爲艱困的環境下，竟然有一個原住民的藝術表演團體。另外更吸引我的是，他們的歌舞有別於我印象中的山地歌舞，大部分的山地歌舞表演只是一味的迎合大衆通俗口味。我相信原住民豐富的藝術資產，在藝術上，應該有信心做更好的呈現。

我重新思考在表演藝術界，慢慢的有些專業團體的成立，而一般社會大衆也知道原住民在歌聲、舞蹈、體力等，都有非常特殊的才華，參與過原住民相關調查、研究的朋友，也深知原住民整個歌舞藝術上是個無窮的寶庫，很遺憾的是，一直沒有原住民專業藝術團體的出現。

因此，有那麼好的資源與人才，加上台灣的經濟能力，我相信原住民的藝術團體不但能站在台灣，而且能夠推向世界舞台。

瓦：在你所做的調查報告裡，原住民現今的歌舞狀況是如何？

陳：根據我在部落的觀察，年輕的一代是個斷層，參與的很少。根據中研院有關阿美族宜灣的調查，年齡階層老年組參與率百分之一百，老年組走向青少年組的參與率是逐次下降，只到百分之五〇—六〇；而且原住民的歌舞大部分是在祭典期間才練，其他時間不能練，那不就更生疏了嗎？第二個，我們看布農族舞樂；基本上我很不贊成布農族舞樂搬到國家劇院，理由是，劇場的條件是時間壓縮、焦點集中，所以叫老人家在劇院裏演出很辛苦，我看了很不忍。這場樂舞以舞蹈方式來處理，以幾場樂器演奏爲例，演奏結束就關燈，如果照著音樂會的處理方式，音樂家演奏完了全場是亮的，一直到他走下台；但布農族樂舞結束，燈是暗的，老人家摸黑走下台，我當時很擔心有人會摔倒。

他們的演出是令人感動的，但令人覺得非常的心疼與不忍；在一座封閉式的舞台空間，應用複雜的現代舞台技術呈現演出，通常演出者也需要經過專門的訓練，這樣的演出工作非常辛苦，而年輕人比較能夠適應。

瓦：去年阿美族歌舞搬到國家劇院時，我也曾提出質疑的觀點，我認爲原住民的祭典除了歡樂性外，基本上它還是具備著莊嚴性、神聖性，因此類似祭典的儀式就不能夠抽離土地到國家劇院表演；今年我遇到明立國先生，他同意我的觀點，並且說明他希望能夠把原住民純樸的歌舞表現出來，呈現該族豐富的文化性；那麼以「原舞者」未來的發展面向來看，如何汲取原住民的文化？

陳：從原住民族群取材文化素質，將國家劇院當成呈現豐年祭的場所，不論是祭典或歌舞我覺得都可以，但在年齡層而言，老年人在劇場上表演是個高危險群，基於人的觀念，我就不贊成把他們（老年人）帶進去。我必須說明的是，演出不是原舞者的主要工作目標，原舞者的主要工作是透過田野的實際參與學習，爾後將學習成果推廣演出，如果實際參與學習的過程做不好，那就談不上演出了；而且一旦演出則必須經過更嚴密的計畫，首先原住民的祭儀本身就有很多的禁忌，而原舞者如何解除禁忌取得族群長老、頭目的認可演出，這是原舞者要努力的；另一方面原住民藝術提供現代表演藝術創作題材來看，舞台表演基本上是一種模仿，是另一種形式的創作，但，態度上從進劇場前到演出結束，每一件事都是嚴肅的，每一個環節都是在誠懇的設計下，忠實地以我的心來呈現一件作品。

最早的希臘劇場就是從娛神的，再來是娛人的，所以希臘的劇場本來就是個祭典；所以戲劇的第一節課就是「劇場的起源」，所以當你到劇場裏，我們是非常的嚴肅來對待的。因此，取材自原住民祭典是可以的，重點是有沒有得到該族群的認可。明年我們預計取材卑南族與賽夏族，其中賽夏族祭典有些是屬於最禁忌的，所以在處理賽夏族祭典時，我們就要獲得該族可信賴、具權威的人物的認可，說我們是很認眞很嚴肅地處理這件事，只有獲得他們同意，我們才可以做。

「原舞者」在未來，必須先了解每個族的生活，否則就變成跳空的，揀現成的，像我們現在跳的鄒族、阿美宜灣，都是藝術學院整理過的；現在我們就要重新回到原點，找原來的資料，補強舞碼。下一部份，像卑南族，了解之後才進去，搜集、學習。像胡台麗就有個想法，這種跨族群的學習，如果成效很好，以後不就可以用這種方式推廣給更多的人；另外，賽夏的歌舞很不好學，如果我們能夠表現的很好，一定可以激發很多已經不會歌舞的年輕賽夏人，那麼間接的，這樣的反省，賽夏的傳承就有希望了！

瓦：剛才你提到有關劇場、劇團的觀點：「原舞者」將近一年來的表演，大部份的人都將它定位在擁有許多舞者的舞團，那怎麼去分別劇團與舞團？「原舞者」未來的走向，應該定位哪個面向？

陳：一個劇團是用戲劇、口頭上的話劇、舞台劇的形式表現；「原舞者」現階段比較像舞團的性質，它是跳舞的，又是唱歌的，這種形式在台灣會被承認，但基本上它是一個藝術表演團體，像歌劇來講，它是戲劇，但以歌的形式來表現，因爲它是個綜合藝術，綜合藝術的人才包括戲劇系的舞台設計者、燈光設計者，綜合了戲劇的表演方式，也有音樂人才，表演又需要戲劇的動作模仿。「原舞者」的情況也是一樣，在新聞發佈上先從舞蹈去發展，做音樂的可以專門做音樂，但舞蹈的不能沒有音樂，也就是說舞蹈會包括音樂。

瓦：這幾個月來，「原舞者」也經歷了幾個陣痛；以現況來看，「原舞者」面臨哪些困境或挑戰，怎麼去突破它，使「原舞者」站得更穩，走得更順暢！

陳：「原舞者」目前面臨的兩大問題，一是人力培養，二是經費維持的問題。所有的團體成立之初，先有個構想、有信仰、有共同觀念，團體成立以後就有訓練、演出，以及經費的問題，而經費的取得通常依賴私人企業的贊助，與政府相關部門，但政府相關部門的經費，爭取的團體很多，在僧多粥少的情況下，文建會對「原舞者」的補助也僅限於演出的貼補；去年的調查資料顯示，國內有一千多個團體，因此普遍的經費都很少。

所以，現在必須能夠找到有眼光的、能夠長期支助的單位或私人企業。光是零星的、片斷的贊助，「原舞者」會很辛苦的；要能夠找到不但是肯定你的演出，還肯定你的學習過程這樣的贊助。

比較大的問題是人才資源，幾年前的很多表演團體都面臨人才不足的問題，但現在的教育體制下，從中小學的實驗班、專科學校、大專院校、或政府舉辦的訓練班已大量的涵蓋了西樂、國樂、舞蹈、國劇、雜技、地方戲曲等，都有專門的人才培養管道；但，偏偏沒有山地歌舞專門人才的培養，山地歌舞人才很多，但卻沒有系統培養的部門。

瓦：我想跟前的問題是如何找到這樣的一批人出來，然後有教育訓練的養成，不知你有沒有腹案？

陳：現在人才資源的管道有二個。

我希望這個團體能穩定的持續下去，因此，步伐一步步累積資源，不敢走太快。「原舞者」到現在已漸受藝術界的肯定，覺得它存在，而且尊重它，認爲這個團體有存在的價值，彼此互相珍惜的情感也都顯現出來了。因此，如果不能演出，就安安靜靜做田野工作，搜集到一定程度，有表演人才時，再做表演。這是最保守的方式。

另外，我希望能結合「北山聯」的學生，每個禮拜選一天來練舞，我們請老師來上課，告訴你完整的台灣原住民的資料背景，然後再嘗試與我們一起跳，慢慢形成人才庫，相信可以做到某種程度的人力資源的累積！而且，在投資報酬率的角度來看，這是省錢又有效的方式。

瓦：前幾天我也和胡台麗談過，我們認爲「原舞者」可能在初階段的三年五年的時間內，先吸收台灣原住民的母體文化，有了基本的文化素養，才可能談到藝術創作的展現！

在座的各位，阿道・巴辣夫（漢名江顯道，阿美族人）可能是最特殊的一位，今年九月以四十歲的「高齡」毅然加入「原舞者」，對個人來講，稱得上是冒險。剛開始，很多人不敢期望你能跳，但事實證明跳得很出色。請問你，怎麼有那麼大的勇氣加入「原舞者」？

巴辣夫（以下簡稱「巴」）：今年八月參加「原住民文化生活營」時，認識了「原舞者」中的柯姊（柯梅英，魯凱族），並且口頭上請我加入，緊接著老家舉辦豐年祭，我心裡想，從小到大，都沒有好好學過一首歌、跳一支舞，感覺身爲原住民有點白活的味道，所以我就嘗試加入「原舞者」。

我自己覺得，平常除了藉表演可以將原住民精美的歌舞表現在平地都市外，也要深入到各族各部落裏。正如我是阿美族，但我不知道鄒族、排灣族等其他各族精采的歌舞，如果這些歌舞到部落表演的話，作爲觀衆的我，一定會感動，甚至被逼出眼淚；這樣，也讓各族能夠珍惜自己的文化遺產。從歌舞，可以看出原住民將它與生活連結在一起，但邁入一個資本主義體系的社會時，原住民的生活與文化便漸漸走樣了。所以，我個人加入「原舞者」，一方面感動於自己本土的文化；另方面，期望各部落珍惜文化，認同自己文化。

瓦：我請問新進的政大同學，我一方面佩服各位的果敢，一方面也很想知道進入「原舞者」對你個人有什麼心靈的撞擊？

孫金木（卑南族，政大四年級，以下簡稱「孫」）：我自己並不是在部落長大，因此對族群的文化並非很了解，直到高中因膚色較明顯，隱約感覺自己特殊的身分；進入「原舞者」，正好可以對我個人做個重新的反省、接觸、覺醒。

呂玉華（以下簡稱「呂」）：「原舞者」巡迴公演在板橋演出時我去看了，自己非常感動，在台下，我眞的哭了。後來知道八月時有些團員離去，沒想到沒多久我已成爲其中的一員，自己也很難想像，這是個難得的學習機會，我是排灣族，一下子又多接觸了阿美族、鄒族的歌舞；也讓我體認到自己族群與鄒族、阿美族文化不同的地方，從歌舞的學習中，慢慢地了解到不同族群面對歌舞的生活態度。

高金豪（排灣族，政大四年級，以下簡稱「高」）：我覺得它帶給我最大的意義是，這是來自原住民底層的聲音，其實，我們這一輩的年輕人，很早就把自己和原來的文化隔離開來，藉著「原舞者」，我彷彿愈來愈回到原來族群生命的中心，那裡面的東西很豐富，又有祖先的經驗、智慧，假如這些東西讓它無聲無息的消失，我們會覺得很可惜。

柯梅英（以下簡稱「柯」）：我對這工作是從內心出發，因爲它本身就具備了意義性，而且，原住民的文化工作眞的要從我們自己開始做。我很清楚地看到原住民慢慢地流向都市，原住民文化慢慢流失在現代化中；我期望「原舞者」繼續活下去，因此，我就想怎麼樣呼籲原住民同胞參與文化工作，讓同胞認識自己文化的重要性；目前，這樣的人太少，部落裏也難得看到年輕人，這就是我們爲什麼要從大專生開始訓練，就是播種文化的種子。

我看它誕生、看它跌倒、看它站起來，我眞的不願意看見它死滅，我願意再跨一步向前，不管是多辛苦！

陳：我補充幾點前面沒講清楚的地方。

我從台灣的發展來看，台灣一直處在動亂中，當它發展到比較安定的時候，就是快速經濟發展的時代，而原住民馬上就面臨漢化，被外來文明快速的衝擊，所以，根本沒有時間好好「思考」，了解自己的位置。在文藝復興時，也有一段時間，它發展到一個時候，發覺需要藝術上的紀律，也就是說藝術上需要反省的時候，也會回過頭。但有心反省不見得有能力改變，所以在整個社會發展的方向上，有心還要談到有沒有藝術資源的配合，有心和有能力是很重要的。現在原住民可能有許多有心的人，但這些資源並沒有結合起來，因此在連繫上就顯出它的重要性。

瓦：我們常常感受到原住民文化的豐富性，也就是主觀上的優勢，但在客觀條件上可能我們缺乏資源，缺乏人才；因此，我覺得先將台灣的藝術空間慢慢撐開，多撐一寸，藝術的活動就多一份自由；另外，在人力資源上，可能「原舞者」也要慢慢走向有自己的教育訓練的組織架構，在現行教育體制內，就要極力爭取設立原住民舞蹈、藝術、文化等專門科系。

陳：我個人學習的開始，正好是表演藝術蓬勃發展階段，我跟著它上來。我可以預見「原舞者」成立，站穩脚步，往前走，如果未來在北山聯訓練一百位原住民舞者，它的影響力絕對不只是那一百位學生。就像「雲門舞集」或整個國際藝術節的發展階段是一樣的，「雲門舞集」發展到後來，很多的文化思考也會跟著來，會清楚我要做的方向在那裡。所以，爲什麼「原舞者」要延續下去，因爲它有個正面的意義在那裡，它會慢慢地感染台灣對原住民文化的思考，這個在藝文界的朋友已經可以看出來了。

瓦：我是這樣看「原舞者」的。爲什麼很多原住民的朋友他能唱能跳，但是他不敢，因爲多年來外界對原住民的誤解，逐漸形成原住民自信心喪失，因此，他通常需要一個刺激，一個變數。「原舞者」對原住民社會來講，它正好扮演「激素」的角色，這個激素可以刺激原住民拾回族群文化的信心，甚至日後藉「原住民」的成長，也刺激教育體系出現原住民文化、藝術領域的專門科系出來。所以我對胡台麗說，只要「原舞者」不死，它在台灣的發展力與影響力是會日漸重要的。

陳：沒錯，「原舞者」只要好好走，積極往正面影響的方向，它在台灣會有一定的位置。「原舞者」堅持苦下來的階段，以後是會有代價的。從文化園區的設立，可以知道政策部門有些是有心的，只是方法錯了，接下來慢慢接受文化藝術的觀念，就可以做得好，所以我很期望宜蘭的文化園區，因爲它先決條件是有個獨立的區域，獨特的文化藝術。

瓦：我個人也很期許宜蘭，它可能是台灣最具歷史文化反省力的地方。

另外，在觀察台灣社會互動的過程，我們會發現近幾年在文化藝術層，原住民的東西跑出來的頻率增多了，我覺得今天的環境是個契機，問題就在原住民能掌握多少文化藝術的支撐力！

陳：對，「原舞者」的情況也一樣，它至少有二、三個人是主幹，他們除了能堅持下去外，還要有比較大的視野，原實的文化概念，能清楚未來的目標在哪裡？方向是什麼？

所以，「原舞者」除了歌舞、田野採集，還需要加上很多課程，這樣，支撐力才夠。未來，「原舞者」不會有輕鬆的日子，因爲它要不斷的接受挑戰、同行的競爭，以及隨時跟上時代，社會的發展。與原舞者走這一段路，非常艱苦，我感謝有這一段生活經驗，和原舞者一起相互扶持。但長期看來，畢竟原住民歌舞並非我的專長領域，幾個月來我一直殷切盼望能有原住民長者來協助原舞者，帶領原舞者的成長。

瓦：非常謝謝各位接受採訪。「原舞者」可以說是來自台灣草根、野生的文化藝術表演團體，我們知道未來的路不但遙遠，而且可能充滿險阻，我還是要祝福你們，發揮原住民的精神，開拓自我未來的路途，請好好走下去，謝謝各位！

一九九二、四、廿二《民衆日報》

卷二　台北／新店時期

回到原鄉，
找尋原聲，
成為一流舞者的
原住民大使——

原舞者第二次征戰

陳錦誠

一群原本散居在各角落的原住民年輕人，他們放棄了原本高薪的工作，聚在一起要學習祖先的傳統歌舞。在生活條件最艱苦的時候，文化工作者吳錦發一再地鼓勵他們：一定要堅持下去，要爲自己的族群歌舞。吳錦發奔波於全省各地籌募經費，大部分的捐款者是辛苦寫作賺取稿費的藝文界作家。

原舞者的出征，八十年創團後開始，全省巡迴演出「山水篇」。出發時，經費僅剩十幾萬元，租了兩部九人座的車子，每部車子坐滿九個人，再塞進二十七套演出服飾以及九個人近一個月的行李。曉行夜宿，演出後就借宿教會或擠在八人一間的通鋪，而在台中則借宿在陳銘民先生慨允出借他的出版社，讓原舞者在書香中甜睡。一路行來，「山水篇」的演出有鄒族源自高山深谷的和聲歌謠、阿美族如浪濤般輕快且富變化的歌舞，帶給全省觀衆全新的感動。他們呈現在舞台上的，沒有華麗的道具，也沒有多樣的現代樂器。很素淨的，只有一群珍惜生命的年輕人舞著祖先所遺傳的傳統歌舞。

每當看到原住民老人的歌舞，感動於自然天成的藝術造化，同時卻也要感嘆後繼無人。這樣的感嘆應是所有原住民老人的共同心聲吧！朋友們常鼓勵原舞者說：看到你們就讓我們看到更積極的意義，這樣有自尊、有尊嚴的掙扎存活，也讓我們看到一個繼起的生命。

外來的期許與鼓勵，使原舞者多次瀕臨解散時只敢暗自飲泣，不敢輕言解散。祖先的歌舞可以安慰他們，給大家新的啓示與智慧，會帶領著度過艱苦的難關。

「懷念年祭」是原舞者第二次出征，不僅在台北，同時要走到其他的城市、鄉鎮、校園。「年祭」不僅是原住民所擁有的，平地的朋友也一樣可以有一個值得懷念的年祭。「懷念年祭」的演出經費至今還沒有著落，但原舞者決定往前走，畢竟這是一件有意義的事。

一九九二、六、卅《中國時報》

原住民，返家囉！

阿道・巴辣夫（阿美族）

年祭場景 1 敘述者：迷呀布蛋（年祭裏將晉身「青年」組）

「新科」青年好神氣

好不容易等到今天了。想起兩年來的不許洗澡，更不能交女朋友，要隨時待命（快傳訊息，好保疆衛土）……。其實，這也值得的呀。

痛痛快快地刷洗了，以粗糙的卵石，黑亮的體膚呈露。「教父」幫我戴上花圈，並說祝福的話，然後換穿盛裝到芭拉冠跳舞去。這時，有漂亮的姑娘拉我共舞，你好高興地想總算摸到了。等主唱者唱到「晉身青年者／換穿衣服者」時，我已在最前頭了，好驕傲，因此時大可一展身手了。挺拔的我，確是好個勁健的彈性美啊！在蹲跳、移跳時。

今夜是挨家挨戶的佈啊朗伊（遊訪家戶），唱歌跳舞到天亮，趁此良宵，看誰家姑娘會看上我這個未來的憨女婿？

開門吧，伊娜噢、阿瑪噢（媽媽、爸爸），嗨—哟—嗨—洋，開門吧，伊娜噢阿瑪噢——。

門開了，有姑娘在分食甜菓、糯米酒……。唱了數首歡樂的歌後，準備到另家去，此時，主人唱了：

蜥蜴啊，是多麼的令人歡喜、想念——。

再見吧，要多保重你們的身體，再見。

（來自各族的原舞者團員，換上了一式的卑南族傳統服裝，在天地間盡情歌舞。）

年祭場景 2

敍述者：一名新寡的婦人

歡樂聲中寡婦泣

剛走掉了我深愛的丈夫，好悲痛啊我，現在。

新的一年到了，眞謝謝你們邀我們到部落外的凱旋門的邊地上，祛除惡靈的陰影；也不自覺地聽到你吟唱Pairairao（年祭誦）中的一段Penaspas（煥然一新）時，其聲之漸而高亢、悠遠……漸而低沈、雄渾……極盡蒼涼的況味啊，怎不讓我淚流滿面!?因爲，坐在你們當中的有我的丈夫啊，去年的今天。

返村了，又邀我們到芭拉冠（集會所）欣賞Demiladilao主唱者唱到「流鼻涕的／流眼淚的」時，有位體面的曼沙浪（青年）邀在最前頭第二位的我，和大家共舞?挺拔、帥勁的男子和姑娘們，只我一人頭垂著哭泣，所幸讓壯碩的手臂架著，不致亂了舞步。

翌晨，來了所有部落的Lakanna（年長者）到我家慰問，他們唱古調Pairairao中的一段Benanban（解開哀傷，陳光榮先生譯）其詞曰：

涼風；正常的風／來自前方；來自北方／來報訊息；來報平安／給老人；給長輩／躺下來之處；用枕頭睡的地方／清醒了；醒過來／喜愛他；疼愛他／用標槍；用箭／衰

弱起來；沒力氣／死去；只剩下頭髮／完全死了；真的死亡。（每一行，前者爲古語，後者爲口語。）

謝謝你們吹來的「涼風」，我會堅強地活下去的。

年祭場景 3 敘述者：久將（原舞者團員）

卑南族人在呼喚我

上完最後一堂課，趕搭往台東的自強號。抵達家園，坐在篝火旁暗黑的曬穀場上，早年近八十歲的老祖母，看是心愛的孫子回來了，忙幫我換上早先準備好的傳統服飾，告訴我不要忘了祖先留下來的東西。

手挽著手，感受那種心連心的溫馨，是的，也只有在年祭時，才會重溫普悠瑪（卑南族）的歷史，更體認到原住民的生命禮俗。

今天是全新的一年的開始，也是過去的終結，如甘蔗的節。祛除淨盡吧，一切過去的哀傷和不潔，湧現新的氣象，在臉上、身上，更，在心靈裡。

年祭場景 4

阿道・巴辣夫和漢人朋友對談

我們的年祭不放假

原住民從墾拓、播種、除草、收穫、出草凱旋、生命禮俗……，都有一系列謹嚴、醉歡的祭典儀式，在這莊嚴、奇幻的大自然中。

然而，自外來的文明、宗教的苞兒(Power)乍——放，驚走了原住民的美夢，麻痺了原住民多情、健康的心靈。

可喜的是我們的伊娜、阿瑪噢（父母），都還堅持地唱出先祖的叮嚀:，舞出太古的夢境。原住民朋友，可還懷念著與族人相聚時狂歌醉舞的那一段風光?相信，你不會淡忘，更不會漢視……。

「好羨慕啊!你們有那麼好的年祭，可不可以帶我們去觀賞?」很多漢人朋友如是問。

「沒問題的，朋友。」

「但是你們的年祭可還保存得很完整嗎？」

「是的，我們都如期地舉辦、參與呢！可是，我們還是很羡慕你們的年節慶典都有假可放，唯獨我們原住民的節慶不許放，連一天都不行。」

一九九二、六、卅《中國時報》

陸森寶

——唱「懷念年祭」，憶已逝的卑南民歌作家

胡台麗

在台灣的民歌作家中恐怕很難找到一位像陸森寶(Baliwakas)一樣，幾乎所有的創作歌曲都和他生長村落的人事景物相結合。

從他光復後轉入台東農校（農工）任教後，到他一九八八年去世前，留下詞譜的作品共約五十餘首（包括以卑南語創作的天主教詩歌），再加上卑南族人仍會哼唱或記憶所及的一些歌，粗略估計有七十多首。每個年代他都有新作品產生，去世前一個禮拜七十九歲高齡仍然在創作，也就是他走後由二女婿整理抄寫的最後遺作〈懷念年祭〉。他一方面有感於年輕人到外地謀生，漸與卑南文化疏離，歌詞中描述年祭美麗溫馨的景象，要他們年祭時返家，用母語唱出本族的歌。另方面也像是他老年心境的抒發，回憶他年輕時離鄉背井到外地求學、任教，一年一度在年祭時才與親人相聚，母親爲他戴上花冠，

參加集會所前的歌舞盛會。

陸森寶日據時代一九〇九年在南王村出生時取名Baliwakas。和其他孩子一起唸了四年卑南公學校，成績優異，再到離家較遠的台東公學校讀國小五、六年級，隨後在附設的高等科唸了兩年，他的家境並不好，國小五年級時父親就去世了，他常在課餘賣蔬菜水果，兩個姐姐也以砍柴、耕作的收入支持他讀書。

◉陸森寶與在南師時學習用的鋼琴

十五歲左右考上台南師範，在當時是了不得的事，更何況他是偏遠地區的原住民學生。更令人驚異的是他在台南師範下苦功練鋼琴，得到比賽冠軍。日本天皇弟弟到台南訪問時，陸森寶代表所有中等學校以鋼琴演奏迎賓。運動方面他的表現也相當傑出，打破全台灣中等學校四百公尺賽跑紀錄，鐵餅、標槍等五項第一，後來成爲楊傳廣的啓蒙老師。師範畢業後任教於台東新港公學校，日據末期曾任加路蘭國小校長。

這位在世時不求聞達、創作不輟的卑南民歌作家說：

聽到別人唱我的歌，我感到最大的快樂。

一九九二、六、卅《中國時報》

卑南族的心靈之歌

阿道・巴辣夫(阿美族)

很多人說，東部是台灣最落後的地方，然而巴力哇歌斯(Baliwakas，漢名：陸森寶先生）不以爲然，他在一九四九年寫了一首〈卑南山〉歌謠，勉勵族人：「創造者要我們成爲美好的東方。」

巴力哇歌斯生於一九〇九年，逝於一九八八年，享年七十九歲，是台東卑南南王人。十五歲搭船到台南的師範學校就讀，而又天生是個運動和音樂的愛好者，並獲鋼琴比賽的冠軍，打破了中等學校四百公尺的紀錄，和鐵餅、標槍等五項的第一。

日本天皇的弟弟到台南訪問時，巴力哇歌斯代表所有的中等學校以鋼琴演奏迎接貴賓，校長介紹他時說：

「他不是日本人、不是漢人，是眞正台灣生的，他的能力比一般人強，他的名字叫巴力哇歌斯。」

台南師範畢業後，任教於台東新港公學校，廿九歲和同族的夏陸蓮女士結婚。日據末期擔任加路蘭國小校長，一九四七年轉入台東農校擔任音樂和體育老師，獲奧運銀牌的楊傳廣先生是他栽培的學生。

卑南族發生的事情常觸發他創作的詞曲的靈感，每一完成作品，必先和師母合唱並分享他的快樂。他也會召集村中的婦女齊聲唱，果然，他的歌像涼風般地吹撫大地、和鳴了萬籟；並溫慰、活潑了普悠瑪族人的心靈。

他創作了活潑、愉悅、慶歡的〈祭誦祖先〉（一九五九年）之歌，也寫了旋律優美、節奏如浪的起伏的〈海祭〉（一九八五年）。

巴力哇歌斯感到外來文明的強勢，驚擾了族人的美夢，大家離散在外工作，於是寫下〈我們都是一家人〉（一九七九年）的歌。這歌非常通行於各山地部落，連彼岸的人也漸漸開始唱，歌詞大意是：不管從前或現在我們都是一家人；美好的年祭盛會，漂亮的傳統禮服，要同心協力團結，我們永遠是一家人。那麼流行的歌，有多少人知道是他的作品呢？

他好擔心在外工作的族人都漸漸淡忘母語，不會回來參加年祭的盛會，並忘了先祖遺留下來的寶貴遺產，特別爲不能返鄉參加祭典的族人寫下〈懷念年祭〉（一九八八年），沒想到居然成爲「遺作」，還有二、三節的詞未完成就與世長辭了。

他創作的六十多首歌謠都是以母語表達，而且與普悠瑪的人、事、物習習相關，「原舞者」將他的作品整理出，將在全省發表，希望大家不要錯過。

一九九二、七、六《中時晚報》。

懷念年祭開演

——「原舞者」舞團演出卑南族傳統歌舞

阿道・巴辣夫（阿美族）

親愛的朋友
歌吧　親愛的朋友
喂　哈　嗨
歌出祖先的歡樂和叮嚀
喂　哈　嗨
舞吧　親愛的朋友
喂　哈　嗨
舞出洪荒的莊嚴和夢境
喂　哈　嗨

先天的，人一誕生，就會仰望天，雖然嬰兒柔薄的眼皮還閉著。長大了，更會跳起原始的祭儀歌舞，以敬天拜地，謝天謝地，歡天喜地的情懷……

是的，原住民族從墾拓、播種、除草、收穫、出草凱旋、生命禮俗……等等，都有一系列謹嚴、醉歡的祭典儀式，在這奇幻的天地大自然中。

然而，自西來的高級宗教和高度文明的力量綻放，驚走了原住民族的美夢，痲痺了原住民族多情、健康的心靈……。原舞者懷著凝聚一民族的靈魂於樂教的初衷和志業，上山、下海，到各部落做深入參與的田野採集工作，並聘請本族優秀的老師教歌舞，解說有史詩味的古謠、祭儀的內涵意義和神話傳說故事。

今年年初，台東卑南族南王里的Mangaiyaw(大獵祭)，八社聯合年祭和三月上旬的母卡母(Mokamot祭儀歡舞)，原舞者都曾參與、體驗他們歡樂的生命情調。回來後，努力學習，並天天唱歌、天天跳舞。

今年七月七日起，原舞者以「懷念年祭」爲主題，表演卑南族的傳統歌舞和演唱巴力哇歌斯（陸森寶老師）的創作民歌，在台北、台中、台南和台東的文化中心演出。

巴力哇歌斯是卑南族的一顆晶亮的星，頗爲族人愛戴，創作歌謠近一百多首的他，旋律和情感都湧自先民古謠裡，爲了紀念他，原舞者將選十七首爲族人所喜愛的歌曲如〈美麗的稻穗〉、〈祭誦祖先〉、〈蘭嶼之戀〉、〈懷念年祭〉……，爲演唱的下篇。

上篇則有：

Pairairao（年祭誦）本來有八首，原舞者特選Penaspas(煥然一新）一首來吟唱，其聲高亢而悠遠、忽低沈……而渾雄，極盡蒼涼的況味，又意深旨遠，富史詩的味道。

歡樂的Demiladilao(傳統歌舞)，曼沙浪（勇士）的蹲跳勁健、豪邁；而姑娘的併腿移跳更是端莊、深具柔和而有力的彈性美。

Emaaiaian（專屬婦女節度慶歌）的謠詞裏經婦女來唱，才顯出在母系社會的女子是何等的可愛、勤奮、和偉大啊。

還有猴祭的吟唱和舞蹈中，更可表達出卑南族以前是如何的壯大，乃有少年集會所之故也。

誠摯的邀請您，來一起共賞先祖的陶然和夢境。

原舞者敬上

一九九二、六月《東海岸評論》四十七期六月號

巴力哇歌斯
——一代民歌作家

阿道・巴辣夫（阿美族）

我工作的地點是在離家很遠的地方，我沒辦法經常回家探望父母親與親友。但我永遠都不能忘記與家人相聚時那種溫馨的日子，我的母親給我新編了花環戴在頭上，盛裝參加活動中心的舞蹈盛會。

——陸森寶

這是卑南族民歌作家陸森寶先生的遺作。一九八八年三月廿四日寫於黑板上，廿六日陸老師安詳的走完人生旅途。本曲經由陸老師二女婿陳光榮先生整理完成。

和鳴了　萬籟
當巴力吹撫大地（註①）
旋舞了　草林

哇歌斯狂起時
「要以歌聲琴聲伴我
當我躺下死的時候
將勝過千萬人的眼淚……」（註②）
歸來吧　年輕人
來一起跳
先祖的醉歡　太古的夢境

註①陸森寶先生的本名是巴力哇歌斯。巴力是風，哇歌斯是旋風之意。——陳明男老師的解釋。

註②這是他臨終的遺言，由他二女婿陳光榮先生憶記。

◉陸森寶

陸森寶（巴力哇歌斯）先生創作民歌表

◉一九〇九年（民前二年）生於台東卑南南王村，一九八八年去世，享年七十九歲。

◉日據時他先在卑南公學校唸四年小學，再進入台東公學校唸五、六年級和高等科兩年。

◉國小五年級時，父親去世，他的姐姐以砍柴賣菜和農作物的收入支持他讀書。

◉十五歲左右以優異的成績考入台南師範，當時全校只有他一人是原住民學生。

◉在台南師範唸書，有機會學習鋼琴，發生濃厚興趣，課餘常潛入琴房苦練，得到師範鋼琴比賽冠軍。

◉日本天皇的弟弟到台南訪問時，陸森寶代表所有中等學校以鋼琴演奏迎接貴賓，校長介紹他的時候說：他不是日本人、不是漢人、是眞正台灣生的！他的能力比一般人強，他的名字叫Baliwakas！

◉陸森寶在運動方面也表現傑出，打破台灣中等學校四〇〇公尺賽跑紀錄，並得到鐵餅、標槍等五項第一。

◉台南師範畢業，任教於台東新港公學校、二十九歲時和同族的夏陸蓮女士結婚。

◉日據末期曾擔任加路蘭國小校長，一九四七年轉入台東農校（台東農工）擔任音樂和體育老師，楊傳廣是他調教的學生。

◉陸森寶在台東農校任教以後，一直參與南王村的活動，卑南族發生的一些事件不斷觸發他創作詞曲，從一九四〇年代末期到他一九八八年去世前，一共創作了一般性民歌二、三十首，天主教詩歌也二、三十首，都是用卑南族語言唱出。這些歌曲雖然創作時與特殊的人物事件相結合，但是後來都更普遍性地用於類似的情境，例如惜別、祝賀等場合。

陸森寶不僅在學校負責音樂教育，更身體力行地把創作的歌曲教導村人。他同時把傳統的詩歌要素融入創作詞曲中，是從傳統走出又融入傳統的民歌作家。原舞者將演出陸森寶的十七首創作民歌。

卑南歌聲

——懷念卑南作曲家陸森寶先生

鍾肇政

日前，「原舞者」的多位朋友連袂來舍，告訴我：陸森寶老師過世了，並且還是在四年前的春間！

四年前！我竟然對這位「老友」的逝世懵然無知。當下，胸臆間彷彿受到沉沉一擊，霎時氣息都幾乎窒住，更不知如何表達心中的哀悼才好。

「原舞者」的幾個朋友交互地敍述著陸老生前種種，以及他（她）們如何喜愛陸老的曲子，鄉親們又如何愛唱他的歌，還有逝世前夕，僅在一塊「白板」上寫下初稿，猶未抄錄下來的最後一首曲子〈懷念豐年祭〉。我是在靜靜地聽著，內心裡卻兀自在想著與陸氏深摯地交談的那幾個日子裡的短暫時光。

那還只是七年前（一九八五年）的五月——噢，剛剛七年整，而他在其後僅再活過了三年不到的歲月而已。

五月的台東，早已是溽暑季節。一連幾個黃昏時分，我都到他的住居（記得好像是老式的宿舍一類的小房子）去和他晤談——當然，主要是向他討教、叩詢。有關卑南族的生活，習俗種種，他早已是聞名的「活字典」，中外訪客，幾乎是四時不斷。而我向他求教的，不外也是這方面的種種切切，因爲我當時竟異想天開，準備寫一部以卑南考古爲背景的長篇作品，題目且已定爲：「卑南平原」。

有關這方面的認知及體驗之深入與淵博，是陸氏所給予我最深印象的事項之一。卑南族也和幾個原住民部族一樣，有極爲嚴格的「教育制度」，每一個男孩從髫齡起，即需接受這種教育，循級而上，直到成年爲止。這種教育制度，固然以體能與戰技的訓練爲主，但他們更注重的，毋寧是培養族群的道德規範。那種服從、正義感以及民族的矜誇，是頗能扣人心弦的。而陸氏本人則因爲必須接受日人所施的新式教育，致使所受傳統教育半途而廢。聽他娓娓而談，言語之中可以察覺出他幾乎是以此引爲終身遺憾的。

可以說，陸氏也是那種介於新舊時代交替之間的人物。論年代，他的出身背景與霧社事件裡著名的花岡一郎相雷同，所受教育也如出一轍，不同的是陸氏沒有像花岡那種爲民族大義而殉身的絢麗的死。陸氏除了在台東地區，尤其原住民部落之間家喻戶曉之外，大體而言幾乎是默默無聞。儘管如此，但是我們卻也可以從他身上看到那半途而廢的傳統部族教育以及新式教育兩者所共同塑造而成的典型人物。

他有魁梧傲岸的體魄，就讀台南師範時以運動健將嶄露頭角，樹立過五項全能的紀錄。同時還一頭栽進鋼琴裡，日皇御弟來台巡狩時還特別被安排做了一場御前演奏，可見這方面確亦不同凡響。一般都認爲原住民擅長運動與音樂歌舞，陸氏在這方面確乎也是個典型的人物。

我還另有體會。與陸氏交談時，最適切的語言，非日語莫屬，而當他用日語說話時，他完全成了個受日語教育長大的知識份子，不獨表達上一無窒礙，還自自然然顯露出洗練的、淵博的，並且歷盡滄桑的思考形態，隨時可容我進入他的內心深處，領略、體會其心理動向。我曾在霧社接觸過若干這樣的原住民同胞，說起來不算稀奇，但是依然覺得那是極爲愉快的經驗。由於這些朋友都那麼純摯，胸無城府，故而越發覺得這樣的人物，在當今之世已不復多見，備覺珍貴。

來舍的原舞者朋友們爲我帶來了多首陸氏創作的曲譜，還爲我即席唱了其中數首。

他們都有渾然天成的美妙歌喉，加上訓練有素，玲瓏動聽，眞個叫人爲之心靈顫動。這樣的天然歌聲（沒有任何樂器伴奏，而他們也似乎不一定就需要那種「文明」產物），本來是毫不意外的，可是眞的在身邊聽來，卻顯得格外親切動人。

我要特別指出，歌者的詮釋與演唱方式，固然是一首歌謠動人與否的要素之一，然而曲子本身之美，更是不可或缺的因素。陸氏作品，除了具有相當濃重的台灣原住民曲調之特色外，還有另一番獨特的風味。以個人所領略言之，似乎可以說在原始的質樸味道之外，尙隱隱含著一抹虔誠與憧憬。他的作品，一般歌謠與聖樂約略各半，總共五十餘首。我尙未有全部聆聽的機會，不過光憑所聽到的幾首就已經給了我上述的觀感，可見陸氏作品是有他獨特曲風的。

承告陸氏退休後，經常背著一台錄音機，四出採譜，他的曲子便多半是以這些採得的旋律爲基礎，另加他的創意構成。植根於民族曲風，並憑個人才華使之開花結果，說起來無非也是許多中外民歌作曲家從事創作的基本態度，陸氏自亦不例外。除此，陸氏還自己塡詞，或是先有詞而後譜曲，易言之，他的作品都是自己作詞作曲的。詞不用說是以他們的母語爲主。但一般演唱，多用譯成漢語者。這一點，自然是有其客觀上的需要而不得不然，不過我們不難想像，陸氏的歌曲，恐怕用原語才更適當，更動人。

陸氏所做的歌詞充滿山林原野的原始情調。或則歌頌山巒，或則敬拜先祖，還有就是讚美卑南族的男俊女美，以及富於勇毅與矜持，純樸中有其自許、自誇，動人的詩情畫意，洋溢其中。此處僅舉一首，以見一斑。

散步歌

女：哥，我們去乘涼
男：妳這麼說我真高興
女：哪裡好呢？
男：在東邊好月光可照到我們倆
男女：我們的想法一樣
女：哥，我們去玩耍
男：妳這麼說我真高興

女：哪裡好呢？
男：在南邊那兒有溫泉可洗熱水
男女：我們的想法一樣

女：哥，我們去散步
男：妳這麼說我真高興
女：哪裡好呢？
男：在北方有港口可上船
男女：我們的想法一樣

女：哥，我們來聊天
男：妳這麼說我真高興
女：哪裡好呢？
男：在西邊那兒有樹蔭可乘涼

他們還告訴我，陸氏每有新作完成，就會把鄰居們找來，將新曲教給他們，讓大夥一起快樂地唱。這似乎就是他最大樂趣之一。唱的人愈多愈好，這是陸氏一向的觀點，也因此，據云他的〈我們都是一家人〉成了救國團的團歌，還有「五燈獎」的歌者常有人選他的作品演唱，對他而言都只有欣慰，從來不會去想爭取什麼權益。當今一些人斤斤於所謂智慧財產權或者著作權等，對他來說似乎都是多餘的。他們還帶來了好多故人的照片給我看。學生時代的，日據時全副「文官服」裝束的（正牌教師亦經「任官」，需穿戴文官帽、文官服），在曾經活過那個時代的我來說，使我屢屢爲之發思古幽情。

其中有幾幀是民國七十二年間，他的名字第一次爲外界所知，救國團在台北爲他辦了一次作品發表會，載譽歸來時拍的。族人們爲他編了多隻花冠、花圈，套在他頭上與身上，使他成了渾身是花，而他那滿臉的笑裡，猶含著絲絲謙抑。那該是動人的場面吧，老人與花竟然也顯得那麼相配，使我深感他們還是花的民族，爲之激動不能自己。

由這些原舞者朋友，我還首次明白了陸氏生平：他生於日據一九〇九年，原名巴力哇歌斯，台南師範畢業後歷任故鄉的公學校教師，日據末期榮任加路蘭公學校校長。戰後轉任台東農校，教體育與音樂，楊傳廣即曾受其調教。據云，原舞者已決定七月七、八兩日在台北社教館舉辦名爲「懷念年祭」的歌舞及陸氏作品演唱會，並準備在各地巡迴演出。我相信這也是紀念這位不世出的原住民音樂家的最好方式。

想來，老友必也爲之含笑九泉吧。謹此默祝。

一九九二、七、一《聯合報》

◉陸森寶夫婦

懷念年祭

——紀念卑南族民歌作家陸森寶(Baliwakas)

胡台麗

最後一首歌寫在書房的白板上，有的字跡讓孫兒不小心抹去了。簡譜下是片假名拼音的卑南語歌詞，只寫了一段，歌名也還沒有取。

幼子賢文撥動吉他，輕輕柔柔地唱出父親的最後遺作。唱到第三遍時速度節奏加快，情感起伏奔騰，難以遏止。他說這首歌是父親爲他和三哥作的，不，是爲所有像他們這樣離家到外地工作的年輕人作的。父親去世後二姐夫陳光榮小心翼翼的把歌詞曲譜抄下來，抹掉的字也參酌前後文塡寫回來，歌詞大意是這樣的：

我在遙遠的異地工作，
不能常返家探視親友，

我沒有忘記傳統習俗，
年祭時母親為我戴花，
我來到集會所前跳舞。

「四年前（一九八八）父親最後第二次上台北看我時提到：最近好像不能作曲了。我說你習慣於在一個單純的環境中生活，可能是缺少刺激的緣故。他笑一笑，好像不以爲然。最後一次上台北，主要是希望勸小弟賢文返台東家鄉發揮所長。他告訴我最近又作了一首歌，只作了一段，還想作第二段。那晚我們父子聊得很愉快，沒想到第二天早上就腦溢血，叫不醒了。」在台北天母開音樂教室的三子光朝陷入回憶。

去年底，我伴隨由原住民青年組成的「原舞者」到台東卑南族南王村參與觀察有關「年祭」的傳統歌舞祭儀。我們特地拜望了陸森寶的家人，徵求他們的同意，讓「原舞者」學習，演出陸森寶創作的民歌。在陸家整理出來的舊照片中我看到古仁廣老先生與陸森寶的合影，把時光一下子拉回二十年前的大學時代。那是我的第一次異文化體驗，跟著人類學系同學在檳榔樹密佈的南王村中穿梭。牛車緩緩經過，響起一串清脆鈴聲；唸國小五年級的賴家雙胞胎姐妹帶我到鳳梨田，遙望都蘭山說道：「我們這裏很窮，可是風景很美」。與陸森寶同樣在日據時讀台南師範的古仁廣先生和我似乎特別投緣，給予慈父般的照拂。我學到一首優美的「情歌」，後來才知道是陸森寶作的〈蘭嶼之戀〉。

◉陸森寶全家合影

日據時代一個偏遠地區的原住民孩子能考上師範學校是件了不得的事。陸森寶還會彈鋼琴，更是不可思議。從舊照片看到他坐在一架演奏型鋼琴邊的英挺之姿，讓人誤以爲他是上層階級的日本子弟。

最疼愛他的二姐和妹妹以及表弟許奈吟所描繪的早年陸森寶是卑南南王村一個尋常家庭出生的孩子（一九〇九年生）。他光著脚上完四年原住民孩子讀的卑南公學校，成績很好，跑步到離家更遠的台東公學校讀國小五、六年級。那時父親去世了，全靠兩位姐姐以砍柴、農作物的收入支持他唸書。

「頭一次去台東上學，Baliwakas穿著姐姐用賣菜存下的錢買的新鞋高興地去學校。他發現日本同學都在看他，剛開始還很神氣，後來才聽說他的是女鞋，趕緊脫下來放在榕樹下。」

小學畢業，在台東公學校附設的高等科唸兩年。陸森寶課餘在日本校長家幫忙打掃，半工半讀。畢業前參加師範學校考試，只有他和校長的孩子錄取，「放榜那天校長高興極了，晚上師母邀請他和他們一起睡。」當時乘船從台東到台南師範唸書，全校只有他一個原住民學生，其餘都是日本人、漢人。

「台南師範因爲有Baliwakas而有名!」他的姐妹眉飛色舞地形容:「日本天皇的弟弟來台灣訪問,抵達台南時Baliwakas代表所有中等學校以鋼琴演奏迎賓。師範校長介紹時說:他不是日本人、不是漢人,是眞正台灣生!他彈琴的技巧是全校最好的,能力比一般人強,他的名字叫做Baliwakas!」

這樣的榮譽得來不易。多少個夜晚他潛入琴房,躲過守衛,輕聲地練琴,有時彈到趴在琴上睡著了。他優異的表現讓叫他「番人」的日本同學的種族優越感受挫。Baliwakas的運動成績也十分耀眼,在全台灣中等學校運動會中打破四百公尺紀錄;賽跑、鐵餅、標槍、跳高等五項第一。每次賽前他像卑南族出征的勇士一般,把頭目、祭師給他的內裝料珠(inasi)的檳榔取出,吹一口氣,放在頭頂,祈求創造者和祖先增強他的力量。

陸森寶師範畢業後到台東新港公學校任教。他留下的五、六十首創作詞譜中只有一首〈春子小姐〉(後加上夏、秋、冬三段成〈四季歌〉),據他的愛徒曾修花說是日據時代創作的,濃濃的日本味道,呼之欲出的是對日本女友的思念。同在新港公學校教書的日本籍女老師與Baliwakas相戀,論及婚嫁時遭日本校長、督學阻撓,把他調職。雙方家長也反對,未能結合(聽說此女子病逝台灣)。陸森寶二十九歲左右在母親安排下與同族頭目之後裔夏陸蓮小姐結婚，育有四男四女。「四季歌」中的第二段以妻子「夏子」爲名。日據末陸森寶曾任加路蘭國小校長，日本人離去，一九四七年爲台東農校（台東農工）校長鄭開宗（卑南族人）聘爲音樂、體育老師。他遷到家鄉附近，與村人互動增加，作品源源不斷產生。透過陸森寶二女婿陳光榮先生的解說翻譯，每首歌再度回到創作的時空。

進入卑南村落，陸森寶創作的民歌世界活生生地展現。氣勢壯闊的〈卑南山〉（一九四九）曲調在山海間迴盪：「從卑南族古老的山岳可眺望到蘭嶼島和關山、大武山及都蘭山，祖先的話語可傳到那邊，創造者(demawai)要我們成爲美好的東方。」

站在南王村中間拓寬的更生北路大道上，車輛穿流不息。把視線轉向活動中心青年及少年會所邊的南王俱樂部舊址，追憶沒有收音機、電視的一九五〇年代。民國四十二年，村長南信彥發起南王club，每天晚餐時間年輕人到club唱歌，透過擴音機讓大衆欣賞。陸森寶創作的〈散步歌〉輕快地響起：「哥哥，我們去散步！妳這麼說我眞高興，到哪裡好？到東邊月光可照到我倆；到南邊可洗溫泉；到北方可從港口上船；到西方有樹蔭可乘涼。我們的想法一樣。」

彎進現任里長陳清文的辦公室，會見這位一九五八年成立的南王民生康樂隊的隊長。八二三砲戰震動了這個寧靜的村落，他們親愛的子弟被送往金門當兵，生死未卜。村人於是組成康樂隊，希望去前線勞軍，由陸森寶和剛從師範畢業的王洲美指導。隊員十二人左右，男孩子擔任克難樂隊，汽油桶綁竹子再拉鐵絲就成爲低音鼓。陳清文會吹小喇叭、拉手風琴。陸森寶創作了好幾首動聽的歌，〈美麗的稻穗〉最爲優美抒情：「美麗的稻穗（鳳梨、林木）快收割了，寄送給金門的哥哥」；〈思故鄉〉是阿兵哥東望卑南家鄉，思念年祭集會所前的歌舞盛會；〈俊美的普悠瑪青年〉則是以一首快失傳的阿美族歌謠爲主旋律，加以改編創作，歌詞是：「卑南的姑娘喜歡阿兵哥（後改成「花」）啊！……」旋律活潑靈動，讓人情不自禁地搖擺起舞。

到當年民生康樂隊的主唱者吳花枝家喝杯茶吧！翻開老照片，康樂隊的美女帥哥後來眞的去了金門。老唱機的唱盤旋轉著勞軍歸來後錄製的唱片，間歇傳出軍隊操練般的節奏。吳花枝會指著她穿白紗禮服的婚照，訴說陸老師在她遠嫁長濱阿美族的婚禮前夕作了〈再見大家〉（一九六一），親自教她唱：「朋友們，我要走了，留下的弟兄們請保重。迎著風，我踏上遙遠的路途，月圓之時，等待你們來訪。再見，大家再見。」她婚後返娘家再離去時陸森寶又作了〈祝福歌〉，衆人在惜別會上唱這首歌送別。

轉入巷底的天主教堂，如果剛好碰到彌撒，翻開新印製的綠皮聖詩本，你會看到封面內頁陸森寶的彩色照片。全本卑南語的聖詩差不多都是他創作及改編的作品。一九六○年代各種西洋教派進入卑南地區傳教，南王村的天主教傳教師陳光榮追求陸森寶二女兒，也向陸森寶傳教。由於天主教不禁止祭拜祖先，陸森寶比較容易接受。天主教走本土化路線，允許各地教徒以當地語言唱聖歌。台東區白冷外方傳教會的瑞士籍賀石神父邀請Baliwakas以卑南語創作聖詩。像〈天主送羊〉（一九六三）是卑南古調改編，另有幾首以教會的歌譜配上卑南語歌詞。最突出的是〈上主垂憐〉等創作曲調，寧靜肅穆中有極濃厚的卑南風味。靜靜唱出，整個心都浸在素樸感恩的情感中，此時卑南造物者(demawai)與天主融合爲一。一九七二年卑南產生本族的神父，陸森寶作「神職晉鐸」，慶賀曾建次和洪源成升任神父。曾建次神父重新收集陸森寶的歌，將試用本改印新的聖詩本。他說陸老師是卑南天主教會的大恩人。

南王國小的孩童們在陽光下奔逐嬉戲。國小的後山下曾移植了代表祖先的靈竹。民國四十八年村長南信彥根據竹生始祖的傳說，召集年輕人到太麻里鄉美和山下掘回竹子，族人歡唱迎接。陸森寶作了一首最歡樂的〈頌祭祖先〉的曲子，清脆的鈴聲在後半部Sering,Sering作響，好聽極了。

村子逛完，不妨到海邊走走。每年七月收穫後，南王村的RARA等家系男子在祭師帶領下來到海邊，向傳說中把小米種子由蘭嶼帶回的祖先獻祭。陸森寶作〈海祭〉（一九八五），希望族人在海邊唱此歌，追懷感念祖先。晴朗之日可望見海中的蘭嶼島，民國六十年陸森寶隨女青年康樂隊到蘭嶼慰勞陸戰隊，天候轉變，船隻無法航行，在島上滯留十幾天。他爲了安慰女隊員思鄉之情，寫了一首〈蘭嶼之戀〉教她們唱：「明亮的月光照在公路上，我站立樹下等著哥哥，懷念的夜晚聽到蟋蟀叫聲……風吹浪起，計算歸家的日子……。」

年祭期間，許多遊子都返鄉了。二十多年來一直與我有聯繫的賴家雙胞胎姐妹也從台北趕回南王重建的新家，並邀我同住。可是去年，這個家庭因爲年輕美麗、多才多藝的大嫂過世，而籠罩在一片哀悽的氣氛中，上山打獵的男子跑步返回婦女搭建的凱旋門，喪家集中一處，大哥在家人的陪伴下除去舊花圈，戴上新花環，年長者再度吟唱悲壯的Pairairao古調。然後衆人返回集會所，唱跳起年祭歌舞。喪家被領到隊伍前端，以歌聲爲他除喪，淚光中再度融入族人的歡慶活動。

傳統的年祭蹲跳舞步之後以輕鬆的歌曲串連。我聽到陸森寶作的〈我們都是一家人〉這首流行全台灣的歌：「我們都是來自原住民之家，要彼此合作，永遠成爲一家人。」我也聽到許奈吟父親Lumiyadan放牛時創作的歌、王洲美母親作的歌、日據初期村中青年出征凱歸創作的歌……。陸森寶在這個善於以歌聲表達情感的民族中只是詞曲創作者之一。他以極大的熱情創作，每作完一首曲子常常騎脚踏車召集村中的媽媽小姐練唱。活躍於集會所前的許多婦女都很會唱陸老師的歌。我印象最深刻的是婦女節慶日(mugamut)林清美站上矮凳子雙手揮舞，指揮「老黑爵」曲調改編的〈卑南王〉（一九六四）一曲時，婦女們陶然忘我的歌唱神情。

那天晚上，我在睡夢中聽到歌聲。由年祭中升上青年者組成的遊訪家戶(Puadangi)隊伍進入賴家，姐妹們替大哥招待來客。之後，有幾位年輕人留在客廳陪大哥飲酒談笑，希望他從哀慟中回復過來。大哥有感於年輕人遊訪家戶時的歌聲每況愈下，一遍又一遍地教導他們一首簡短的告辭歌。在外謀生漸失母語能力的青年勉強成調，賴家大哥激動得淚下。晨曦射入，年輕人漠然離去。

陸森寶的最後一首歌由於歌詞內容爲懷念年祭，陳光榮先生題名爲〈懷念年祭〉。他爲「原舞者」的各族原住民青年解釋這首歌的創作背景時說道：民國七十七年，陸森寶先生看到從外地工作回來的青年們在年祭十二月卅一日晚上到各家戶遊訪時不會唱本族的歌。他作這首曲子是希望年輕人回想一年來在外縣市討生活，如今返回部落，要把心中的話以歌聲傳達給家家戶戶。「原舞者」也決定以「懷念年祭」爲主題，演出他們學習的卑南族傳統以年祭爲主的歌舞以及陸森寶先生創作的歌曲，紀念這位從傳統走出，再融入傳統的卑南民歌作家——Baliwakas！

一九九二、七、六《中國時報》

南王村歸來
——向原舞者致敬

蔣　勳

從台東南王村回來，幾天腦海中還迴繞著陸森寶〈懷念年祭〉這首最後遺作的曲調。初學這首歌的時候，原舞者團體中幾位原住民的朋友常常笑我。因爲曲調轉音的繁難，這的確不是一首容易學的歌。

但是，七月十七日晚上在南王村教堂庭院中，爲了歡迎原舞者，陸森寶家族設置了露天晚宴，酒過數巡，當明亮的滿月高高升上檳榔樹的樹梢，原舞者手拉著手圍成圈，在〈懷念年祭〉的歌聲中緩步舞蹈，我覺得自己可以唱這首歌了，可以安靜的走進這手拉著手的隊伍中，以普悠瑪族優美的語言唱起這首「雍容大度」（胡台麗的形容）的歌了。

我有工作，在外地
不能常常回家

我沒有忘記傳統習俗
給我戴花，我的母親
我去跳舞，在集會所

歌曲重複了很多次，每一次重複就有更多的人離開座位，自動走進手拉著手的圓圈中來，圓圈越來越大，舞步和歌聲仍然異常安靜。月光下我看到有人流下淚來，在黝黑而輪廓分明的面容上流淌著明亮的淚水。

陸森寶，卑南語原名是巴力哇歌斯(Baliwakas)，西元一九○九年生於卑南南王村，一九八八年去世。日據時代，他在台南師範讀書，學習到鋼琴。一九四○年以後他陸續以傳統卑南的古調爲主，創作了二、三十首與南王村村民生活有關的歌曲。這一次原舞者的演出，經由陸森寶先生的二女婿陳光榮先生和中央研究院民族所的胡台麗女士共同整理，發表了他十七首作品。

陸森寶絕不是音樂創作上所謂「偉大」的天才。但是，他以有限的音樂訓練不斷爲他自己的族群寫下眞實的情感。他爲了使東部卑南族人以故鄉爲榮，便寫下了〈卑南山〉，他欣賞族中青年男女夜晚的幽會，就寫下了〈散步歌〉，他要使年輕一代知道卑南族竹生的傳說，就寫下了〈頌祭祖先〉。卑南族的男子在金門參加八二三砲戰，陸森寶就寫了〈美麗的稻穗〉和〈思故鄉〉。族中女子吳花枝遠嫁，他就爲她寫了〈再見大家〉，婚後吳花枝回南王村，陸森寶又創作了〈祝福歌〉……

陸森寶使我想起了托爾斯泰，想起了一八九八年七十歲的老托爾斯泰寫作的一本書「藝術是什麼？」

在這本書的第十九章，托爾斯泰對藝術下了這樣的結論，他說：

「將來的藝術家，一定能明白，編一個好故事，寫一首好歌，一個謎語或笑話，都比文學創作、偉大的聲樂重要。」

中年時以「戰爭與和平」這樣巨大的文學創作贏得舉世讚譽，托爾斯泰到了晚年，卻嚮往起民間的童謠、兒歌，他自己也身體力行爲俄羅斯的兒童們改寫了不少民族的童話傳說。

托爾斯泰是舊俄時代的貴族，事實上，他所受的教育許多來自於英、法等當時先進的西歐文化，他在晚年回到俄羅斯傳統尋找民間的童話、兒歌，或許會被認爲是一種個人的懷舊與鄉愁罷。

托爾斯泰在「藝術是什麼？」一書的第十二章也大力批評遠離生活，遠離人的藝術，他甚至批評了藝術史上赫赫有名的巴哈、貝多芬。

在第十章中他似乎點出了他重返民間藝術的眞正重點，他說：

「藝術因爲上流社會的無信仰，使內容越趨貧乏，藝術越來越奇特，越來越複雜，越來越不易明白，越來越要噱頭。」

在晚年放棄了爵位，放棄了土地和農奴，身背簡單行囊，徒步去走俄羅斯大地的托爾斯泰，最後死在一個小鎮的火車站，他也許始終沒有找到眞正在簡樸生活中理想的藝術罷。

在南王村月光照亮的檳榔樹下，我突然玄想，不知道孤獨的托爾斯泰若向南走到這亞熱帶的島嶼，他會不會在南王的村口遇見陸森寶，聽到他寫給吳花枝出嫁及歸寧的歌，流露出滿足的笑容？

我這樣說並非完全玄想，事實上在「藝術是什麼？」這本書的第十四章，托爾斯泰就有幾乎完全一樣的描述：

「日前，我遊畢回家，心神極其頹散。剛到家門，就聽見村婦們齊聲唱歌。他們正歡迎並祝福我已嫁而歸寧的女兒。唱歌聲裡還夾帶著喊聲和擊打鐮刀的聲音。表現出快樂勇敢興奮的情感，我自己也不知道怎麼會被這種情感所動，極勇敢的走回家去，心裡又快活，又暢泰。」

看到這裡，我們大概可以理解，托爾斯泰在十九世紀末所要尋找的「藝術是什麼？」的問題，事實上，無法完全在「藝術」的領域解決，經由他上述的描寫，他所關心的是藝術與人的關係，那些村婦的歌聲因爲有生活中對人的敬重與愛，因此形成了倫理，也許，這才是托爾斯泰藝術論的重心所在罷。

我想托爾斯泰代表著十九世紀末深受西歐英法文化影響的一代知識分子。他們在藝術越來越被扭曲成上流社會的附庸風雅之後，力圖回到民間，使藝術能重新以俄羅斯土地上有信仰有倫理的人民爲基礎，使文學與藝術可以是人對人的友愛、善良，可以是人對自然和祖先的敬拜，可以是個人心事的憤怒，悲哀或嚮往。

而這些，陸森寶在他的南王村都輕易的做到了。

這次陸森寶作品的整理，與胡台麗持續對原住民的投入、關心有很大的關係。

不同文化的並存於台灣這小小的島嶼上，長久以來已經形成「台灣文化」的一種特徵。在不同的政治強勢進入台灣島嶼時，應該並存的各族文化，往往因爲政治或經濟的現實，被特別牽強的扭曲成某種文化的獨大，同時也就抑壓了其他文化的自然生長。

台灣從來不曾有過類似近幾年這樣眞正開明的機會，使居住於這一島嶼上的人，共同來思考諸多文化之間公平的相處之道。而許多不只做學術研究，而同時以極大的熱心投入行動的學術文化界的朋友，不絕如縷的以各種不同方式所作的努力，更促使大家有機會反省和檢討過去所犯的有意無意的錯誤。

經由文化的認同和自信，是否可以扭轉回一個在政治經濟上備受壓抑的族群哀傷的命運？

我不知道。但是，看到那黝黑而輪廓分明的臉上流著明亮潔淨的淚水，我對諸如胡台麗等人所作的努力有一種莫名的心動。

我想：到南王村來，我們要找回的只是卑南族普悠瑪的自信與尊嚴嗎？

當然不是。在都市倫理全盤解體的時刻，我們看到來自奇美村的阿美族，來自蘭嶼島的雅美族，來自達邦的鄒族，他們都還保有傳統社區生活中條理分明的人的倫理。經歷過日據時代、國民政府不同政權的統治，也許因爲傳統信仰的堅定罷，我們訝異於在原住民的社區中，仍然可以保有穩定的人在成長過程中每一階段的自信與尊嚴。

這些也許就不是爲原住民找回什麼，而是爲迷失於物質，迷失於經濟成就，迷失於現代化的我們自己找回屬於人的信仰罷。

台灣在急速的轉型，在政治上、經濟上獲得優勢的族群，沒有想到，有朝一日，握有權力，握有富裕的物質，卻可能在人的自信與尊嚴上極其空虛。

回到滿月升起的檳榔樹下，在微風中以歌舞讚禱天地、祖先，以歌舞迎接賓客，以歌舞祝福友人，這樣純樸的人的倫理，母親爲成年的孩子戴花冠，年長的人指導少年儀式的莊嚴，這些，在我們已經禮崩樂壞的都市中將是何等貴重的禮物。

文化的確難以截然劃分「優勢」與「劣勢」，如果摒除掉政治與經濟的虛張聲勢，文化是更靜默悠遠的爲生命尋找信仰的一種努力，越能在簡單樸素中持有信仰的一種努力，便越是優秀的族群，優秀的文化。

因爲原舞者朋友的鼓勵，我終於學會了第一首原住民的歌：〈懷念年祭〉。也特別謝謝台麗。

一九九二、八、二《聯合報》

◉陸森寶與南王村的媽媽合唱團

醒起來吧，祖先！爲何……

悠汐・喜吉（泰雅族）

進入原舞者對我來說是一個很大的轉捩點，從一個排斥，討厭甚至拒絕承認自己文化的人，現在反而從事文化傳承的工作，是一項很大的考驗。很慶幸我做到了，從來就沒有想過我會接觸這樣的工作，更沒有想到我們的文化是這麼的豐富，這麼的讓我引以爲傲。這樣的覺醒，應該不會太遲吧！

在原舞者學到了許多不同族的文化和歌謠，也認識了不同族群的青年朋友。當時的反應是，原來我和他們一樣是原住民，這是無法改變的事實，我應該有責任和義務來關心我們的文化，發揚我們的文化。

今年初我們到了台東卑南南王村，進行卑南族部落的田野調查，經過好幾次的觀察和訪問，更體驗出每一族的不同精神所在，在整個年祭裡，少年猴祭及halabagai（註）

大人的大獵祭在在的顯示了整個族裏的重大儀式，看了之後滿感動。

也許是從沒有親近過自己的文化，又是第一次看到這麼盛大的年祭，所以很感慨，想起了前年在苗栗泰雅家鄉舉辦的豐年祭，或許是第一次的經驗，因此不太能要求做的很好。而當時的我，也只是以好玩的心情去參加，根本就沒想過，爲什麼我們沒有年祭，而台灣光復這麼久，怎麼才辦這麼一次，是我們不知道，還是已不在乎自己的文化？

醒起來吧，祖先！爲什麼不把自己的文化交給你們的下一代，就這樣子離開呢，讓我們現在都無法擁有自己的東西，好頂天立地在這個美好的土地上呢？

後來才知道原來是日本人搞的鬼——把我們的祭儀歌舞連根拔起了。又，四十年來的執政者的教育、文化的措施不當。

目前最重要的，應該是要開始尋找，挖掘自己文化的時候了，好好珍惜，保存自己本族傳統的文化遺產，告訴下一代，別忘記祖先的榮耀，是優秀的民族。

註：halabagai，猴祭期間，少年組到每家每戶除去污穢並邀吉利來的儀式。

一九九二、八、四《台灣時報》

年邁老人

塔吉摩道・希洛（卑南族）

前些天，原舞者的朋友買了一個蛋糕爲我慶生。以往，唱完生日快樂歌之後，都會很自然的，習慣性的吹熄蛋糕上微微燃燒浪漫的燭火。可是，這一天我卻不明就裏地猶豫一下，一時間不曉得該做什麼。不安地看了周圍期待吃蛋糕的可愛朋友們，還是吸足了氣，「呼」一聲吹熄了蛋糕上的燭火。

然，心情卻隨燭火的熄滅而沈甸甸，不似過去的快樂。我懷疑地問自己，眞的已在這天地間過了二十四年的歲月？又，在這漫長的歲月中，究竟爲自己、家人、族人成就了什麼？愈想我愈心虛。

剛考上大學的那一年寒假，有天陪媽媽回到故鄉——賓朗村探望奶奶和姑媽們，她們都爲我能考上大學感到興奮，且不斷地向我祝賀恭禧，當時我也備感光榮。臨別前，姑丈卻對我說：「如果你認爲自己是卑南族人，或想爲族人奉獻，榮耀族人，一定要會講卑南族語。」這些話宛如一道雷電直截向我狠劈，頓時陷入一片空白，一時不知如何回應。

自小就在離賓朗村約三十分鐘車程遠的一個小山下的漢人社區中成長，左右鄰居只有五、六戶人家是卑南族人，很自然的學會講台語。父母親由於受過日本教育，會講日語，所以，大都以日語和鄰居交談。但是他們終究習慣講卑南族語，所以在家都以卑南語對子女講，也希望教會我們。但因工作關係，他們並不常在家，更不幸地於我國小四年級時，父親因病過世，母親爲家計而遠離家園到台中工廠當女工，只留下姐姐和我二人在家，從此，家裏再沒人對我說母語了。一直到國中畢業，母親回來了，我卻因上高中且住校宿舍不常回家。後來又北上唸大學，別說講母語，連聽母語的機會都少了。因此，母語的聽講能力不但沒進步，甚且愈來愈差。每當學校放假回家，媽媽只能勉爲其難的用不甚標準的台語對我說話，再不然只用些非常簡單的母語，有些時候，也不時的想跟我學國語。但是，每次上台北前仍不斷地對我說別忘了自己的母語，我卻無語以對。

記得，有一次，我陪媽媽到教友的家拜訪，教友的父親是排灣族人，母親是布農族人，家裏卻以日語來對談。回家後，媽媽好興奮的對我說：「你可以去學日語，這樣我們就可以對談了，好不好呢？」聽後，我著實地感到慚愧及不孝。過去，媽媽爲了想要能和我對談，漸漸地放棄她極想用最熟練、最親切，且最應該說的母語，努力的學習台語、國語，如今更天眞地想到用別國語言。生爲人之子的我有什麼資格要求年事已高的母親去多學其他不同的語言，只爲了要和子女交談？我還有什麼資格對別人說我是卑南族人？更憑什麼去榮耀族人？

剛入大學的第一天，在自我介紹時，我很勇敢地向班上同學說我是卑南族人，當時每一位同學都以好奇的眼神看著我，宛如觀視一件世界新生物。但之後，同學也甚少問及卑南族是什麼？和漢人又有何差異？只是有人曾很恐懼的問：「你們是不是會砍人頭？」、「是否在很深很遠的深山裏？」等令人哭笑不得的問題。甚至更有位即將到國小教書的師專畢業生對我說他不知道台灣有哪九族原住民。

人總是想了解自己的身世來歷，我爲了想了解自己族人祖先的事蹟，常到圖書館去翻資料，也漸漸的知道一些些族人的特殊文化，像所謂的會所制度，猴祭，大獵祭等祭儀活動的文化，社會意涵，而不似常人所言的「豐年祭」。看過之後，心中有股衝動，想去親身體驗。正好當年年底，賓朗村恢復了停頓已久的猴祭、大獵祭活動。便抽空回鄉去觀光。原本是想參加村裏族人的祭儀活動，卻因村裏我只認識姑姑們較親近的人，其餘大多不熟。又因姑媽們全都信仰基督教，沒有參加族人的祭儀活動，我只能在旁觀看，能參加的也只有晚上的歌舞活動。當然此時也是整個祭儀過程的最高潮，外來的遊客也常來觀賞。但通常只是爲了看歌舞的「表演」，而不知其意義，甚且認爲「歌舞」就是整個祭儀活動。

於整個的過程中，看到族人爲那些新晉昇的miaputam、bansarang(青年級）共同的慶賀，歌舞，因爲他們是社會的中堅份子，是祖先們希望寄託所在，更承擔起族人的命運。其中最特別的是這一新晉昇的成員，要到過去一年裡有喪亡的家中戶中一一去向家人慰問致意，告訴家人，雖然他們走了，但是將又有一批新的bansarang，承載先人的精神及使命，之中隱含有再生、重生的深層意義。這一年祭與漢人的農曆春節意義相似，不同的是漢人的年節似乎只是家庭成員團聚，而卑南族是整部落族人共同來歡慶了，部落裏的一生一死都是族人共同關注的重大要事，且兼具社會文化的意涵。

唯一令我感到遺憾的是於整個祭儀過程中，活動的主要成員bansarang少了許多，一些原應以年輕人爲主的活動，如打獵或祭歌的吟唱，都因年輕人不會唱，而成爲由長者來執行代唱。每念及此，不禁悲從心起。這一代的卑南族長者已失掉了往昔所應有的尊嚴與光榮，年邁的長者至今仍要肩負起原應是青年該負擔的責任及義務，他們的負擔是何其沈重呀！

或許吧！對長者來說，原是應以雄壯堅毅的心情來吟唱的歌，環視如今情景，唱來都將悲情滿溢，哀傷流淚。原來隨年齡的增長，服飾愈多且愈鮮艷，花圈也愈多，將是一種何等的榮耀，而曾幾何時，這些個榮耀已漸漸成了沈重的負擔。想必年邁長者也正迷惑，年輕人到底在何處？

卑南族已辭世的歌謠創作家陸森寶先生最後遺作——〈懷念年祭〉，「替」青年人唱出了心聲！

歌詞如下：

mi- ki-ya-ka-ro-na-n ko i si d ma-yan
a di ko pa ka o ro ma ro ma

o i yo hoi yan i yan hoi yan
a di ko a ba lo so no muka si
to po a po ta i ko kan na an li
mo ka ko mo wa ra ka i pa la ku wan

中文詞意是：

我工作的地點是在離家很遠的地方
我沒有辦法常回家探望父母親與親友
但我永遠都不能忘記與家人相聚時那種溫馨的日子
我的母親給我新編了花環戴在我頭上
盛裝參加在活動中心的舞蹈盛會

bansarang，工作地點雖遠，但千萬別忘了回家探望家鄉年邁的老人，更別忘了bansarang的責任與義務。雖然沒有了成年禮，但在每年生日吹熄蛋糕上的燭火時，別讓心中的火也隨之熄滅，更希望原舞者的好朋友們，繼續加油，爲原住民的命運開起新機。

一九九二、七、五《自立晚報》

另一種感動和期待

——「原舞者」的懷念年祭

久將（卑南族）

當台灣的社會爲了「原住民」或「山胞」的名稱定位爭喋不休之際，一個由各族群原住民青年所組成的「原舞者」，正流著汗水，吃力地學習著卑南族的傳統歌舞，試圖用另一種聲音來訴說「原住民」的涵意。

「原舞者」去年第一季的巡迴公演——山水篇，呈現出阿美族歡樂豪邁及鄒族莊嚴靜謐的風格，得到了熱烈的迴響。它讓人擺脫掉原住民的歌舞就像是以前民族舞蹈中的高山青般——腕上掛著鈴鐺，左二右二，然後跪地，雙手向上不停的擺動地刻板印象，造成從前僵固結果，其實本不足爲奇。

十多年以前，自己剛考上台東師專時，碰上了一次難忘的經驗，至今讓我不斷地思考教育方向的問題。一位來自西部的室友驚訝地告訴我，投考之前，他以爲台東沒有火車，想像很多山地人住著茅草房，帶著弓箭上山狩獵的情景。當時我笑著回答，佩服他的勇氣可嘉，敢來蠻荒之地。想想，當屆三千多位報考的學生中，僅錄取九十位，其資質與努力自不在話下。可悲的是，遙遠大陸上的山嶽湖泊、城市鐵道的知識讓我通過了聯考嚴酷的考驗，卻沒有認淸自己生長的泥土。難怪一位老師會深怕我們以百分之三不到的錄取率而自豪，常說：「三千多個白癡中的菁英，還是白癡。」那時，總覺得老師的批評太過苛刻，現今想起，通過聯考的考驗實在沒有値得沾沾自喜之處。我們的教育制度培養的是一群會記憶卻不懂思考的學生；教育政策的缺失，使我們捨近求遠，拼命想抓住無法得到的，反而忽略了周遭已經擁有的事物。生在台灣的人，有多少眞正關心並愛護這塊土地呢？

爲了讓大家更熟悉土地上的原住民，「原舞者」再度出發。今年第二季的公演，以「懷念年祭」爲題，內容包括卑南族古調吟唱，傳統歌舞，並且紀念一位卑南族的本土民歌作家——陸森寶先生，將其作品依年代及產生的背景作系統介紹，爲忠實於原來的風格，中央研究院民族所的胡台麗女士，特地帶領團員至東部做田野調查活動，期能藉此更深刻地體驗卑南族的社會。

今年三月，觀賞「原舞者」在耕莘文教院的一場示範演出，得知「懷念年祭」的計畫，身爲卑南族裔，基於想對母文化的更深認識，一起參加了平日的學習課程。每次看到一群膚色、語言不同的原住民朋友，爲了保存各族的歌謠舞蹈，甘於支領每月一萬多元的微薄待遇時，好幾次忍不住想流下淚水。對自身而言，這次的學習活動，最大的收穫是重新發現並更加肯定自己的文化。我想，在一個尊重的社會裏，不同的文化彼此可以共享共榮。台灣原住民的文化，絕對可以讓這個島嶼更形豐富，當原住民學習漢文化的同時，同享這塊土地的其他住民，是不是也該敞開心胸，嘗試瞭解台灣原住民的文化。唯有在彼此瞭解的基礎上，人才能產生眞正的尊重。

當台灣原住民的政治力量尙不足以改變自己命運的今天，「原舞者」展現傳統生命力的方式，或許能夠感動更多的人，目前，原舞者也遭遇了一些危機。眼前更大的危機是原住民本身的冷漠，大部分都市原住民青年，遠離了家園，也遺忘了自己，「原舞者」需要更多願意學習自己文化的人，讓它的生命緜延下去。

或許，原住民是一個步入黃昏的民族，但是，度過了黑夜，明天將比今日亮麗，未來的命運端視今日的表現，願意奮起的原住民朋友，讓「原舞者」替您注入一股新生的力量吧！

一九九二、七、五《自立晚報》

我們天生麗質，我們不能辜負……

懷劭・法努司（阿美族）

來自原野，來自部落，一群深愛歌舞的原住民朋友，因緣際會組合了一個純爲傳統歌舞文化爲展演的團體——原舞者。

「原」字意涵溯本追源、薪火相傳之意，原舞者即以族群中文化特質、人文風貌爲研習採擷推廣之對象。初期，舞團組織無特殊專門藝術、行政管理人才而步入險境，時常爲課程之安排、經費之申請與族群舞碼之選定而傷神。文化界人士對舞團之支持，始終努力不懈，然因經費之拮据，屢生敗象，原住民團體之生存更難獲有關單位青睞，任其自生自滅。漸漸地，原本期待實地參與學習採擷的計畫，終因經費、學術人才的缺乏而易爲僅邀請具有教學能力的長老教導。在這種情形下，舞者本身只知爲跳舞而跳舞，舞團素質難獲提昇。在不能體認具體族群歷史背景之下，舞團的存續實際上已經是無多大意義。去年的一整年中，推出山水篇，演出場次多達八十餘場。舞者的賣力加上渾身奔放的原住民血液，充滿原始生命力的表演，震撼了無數人的心靈，由危機的黑暗中漸露曙光，反得文化界人士的廣泛注意，此時，存續已不是問題，重要的是，一定要下部落去。

今天喜獲文建會的贊助，提供我們一筆田野調查的經費，支持今年度卑南族及賽夏族的田野採擷工作，讓我們一償宿願，得以下部落實地參與調查學習，舞團自始有了轉機，政大學生也經常性的演出。

原住民的歌舞，在我們學習的過程中，是極其艱苦煩躁的工作。同樣來自聚落，一樣的輪廓，不同的語言，都因全部相處生活在一起，已培養出相當的默契，學習上很能領悟其精髓。語言的差異，反而不是障礙。

今年選擇以卑南族年祭歌舞及其文化意涵爲採擷學習的對象，年初在中研院民族所胡台麗教授的指導下，展開爲期半年的學習歷程，除了傳統舞團的採擷學習外，每一位皆用心記錄每一舞團的來源、背景及詞意，這與去年山水篇現學現賣有天壤之別。這樣的過程實是學術與舞團藝術的結合。舞者們在舞台上發揮的想像空間更寬廣，舞團融匯其間，神髓交合，這豈是山水篇表演所能比擬的藝術？值得一提的是，此次在卑南族田野採擷的過程中，發現民族歌謠作家陸森寶先生的作品廣受族人歡迎，陸森寶一生致力山地歌謠研究創作，卻始終默默無聞。我們以其最後遺作〈懷念年祭〉爲此次演出的主題，一則藉以年祭傳統展現卑南族豐富的歌舞資源，二則將他賦予山地歌謠生命的作品重新整理呈現。

「年祭」對現代人已不復往昔熱烈參與的盛況，也失去了感恩思古的心懷，潛沉在心靈對祖先賦予我們豐富的文化資產的虔敬也因時代驟變而消失，年祭中臍帶相連的契合，也因年輕人的漠視而瀕臨失傳。我們要懷念遠古，也要承續傳統，我們的演出希望獲得不論是原住民或漢人朋友們的感動，更要在年祭熱鬧時節，多擁有一份感懷。

林懷民老師說：我們是原住民的大使。

吳靜吉博士說：我們天生麗質…………

胡台麗教授說：我們不能辜負…………

「懷念年祭」是原舞者結結實實的採擷與學習，冠諸於我們身上的詞藻，太亮麗，太神聖，深恐不能感動所有的人。我們希望離鄉背景的朋友別錯過了年祭，也別忘了家鄉的一切，問候原住民朋友，也問候原舞者的朋友。

一九九二、七、四《自立晚報》

活在卑南裡

古峪・杜琴拉（排灣族）

這些日子以來，參與原舞者學習卑南族的歌舞，生活有了另一種重心。我提起筆來，想和妳分享這些日子以來我的感覺與思考。

這些日子以來，生活充滿了歌聲。卑南族的歌一如其他台灣原住民的歌是一首：絕妙的詩篇，裡頭有祖先對人事物的經驗、族人的相互關懷、男女的思念……。原住民用歌來唱出對人的思念、依戀，吟出對神的敬畏、感恩。卑南族的傳統歌謠，不斷使我想像他們過去的生活。

這些日子以來，身體也沈浸在卑南族舞蹈裡。男女依序拉著滿溢張力的手，兩腳有力的交互蹲跳，上半身紮實不動，結束時，有一種身體張力達到極致的感覺，滿舒服的。透過歡愉、悲淒……的歌聲和身體舞蹈的動作，傳達對神、人、社會的關係。

這些日子以來，我平時思考如妳我的原住民青年，對過去的無知、對現在的迷惘、對未來的不確定。傳統文化思考高漲的年頭，原住民青年該做什麼？當我看到原舞者的年輕朋友努力吸取卑南歌舞文化時，覺得原住民總有一絲希望持續著。原住民青年如妳我，應有更多的決心爲傳統文化的持續盡一份心力。

這些日子以來，有如活在卑南文化情境裡，歌舞可能只是一種形式而已，更重要的是它蘊含的人與神、人與人、人與社會的文化意涵。原舞者將藉著歌和身體傳達卑南風情，也展示原住民的精神。原舞者的演出，希望得到如妳的原住民青年的支持，原住民文化的未來，需要許多這一代的參與和付出。

這些日子以來，卑南南王年祭的景況常在腦中，凱旋門吟唱古調的老人、田尾插滿竹子的活動中心廣場及巴拉冠（集會所）、歌舞的男女、遊走家戶的青年、各種的儀式……，卑南南王族人對年祭的堅持，令人懷念。對我而言，年祭不只是外在的歌舞、儀式而已，它實乃呈現了卑南族人最高的文化精神。原舞者經過卑南族文化的洗禮，將眞實地演出令人懷念的年祭。

這些日子以來，思念不曾間斷。如果台上的感動能代表思念，那麼誠摯的邀請妳共賞年祭的眞善美。

祝

平安

古峪

一九九二、七、七《民衆日報》

原住民，加油吧！

斯乃泱（卑南族）

從小就接觸漢文化的我，在未進原舞者前，原住民三個字對我來說是非常陌生而且排斥的，在偶然的機會裡加入了原舞者，當時只是存著好玩的心態進來唱歌跳舞，時間差不多了，就離開原舞者，動機就是這麼的單純。

參與了一段時間後，心已不再像從前，慢慢的了解一點原住民及其文化，原本與漢民族相同的觀念這時打了大折扣，心中開始矛盾掙扎，爲何在未接觸原住民前，會有排斥自己族群而心向外人的觀念呢？

想了許久也掙扎了許久，終於有了點頭緒，大概是因爲政府在政策上的錯誤，把原住民的尊嚴給壓了下來，而長時期的積壓再加上漢民族強烈的優越感與漢民族文化嚴重的侵蝕，使原住民在心靈上與文化上受了傷，又因現實問題原住民不得不在外討生活，而漢民族又喜歡以異樣的眼光看待原住民，種種的不平等全給了原住民，長時期的壓抑，造成了不明就裏的下一代，與以前的我相同，排斥自己的族群，也不會說，也不會聽自己的母語而感到沾沾自喜，多可悲呀！

接觸了原住民文化後，漸漸清醒的我才知道，原來原住民有那麼多優美的文化，都被壓抑或被破壞了，政府的許多不允許導致了原住民文化的流失和下一代的無知。

今年年初原舞者到了台東南王村做卑南族的田野調查，我全程參與了，這是我第一次參加自己族群的祭典儀式，覺得好新鮮哦！我從不知自己的族群有這麼多優美的文化，幸好南王村保留了這些文化資產。在未參加祭典前，我只知道自己是卑南族人，其他一概不知，參與了這次活動後，讓我難過的就是南王村年輕一代的已完全被漢文化給侵蝕了，七、八十歲的老人已所剩無幾了，年輕一代再不覺醒，卑南文化很快的就會在我們這一代流失。

這次的田野，最大的收穫就是讓我在心靈上調適了過來，不再像從前會不好意思提自己是原住民，現在的我覺得做原住民是光榮的，因爲它有那麼多美麗的文化資源，它所流傳下來的東西是祖先的智慧結晶，多美啊！

漸漸反省中的我，不免對自己的部落、族群有所怨言與期望，我的部落是卑南八社之一的利嘉村，村中七、八十歲的老人已所剩無幾了，父母輩的長者又都說著日語而不說自己的母語，這便是我不解之處，若與別的村落比起來，利嘉村應算是被漢民族文化侵蝕最嚴重的村落之一，公務員就佔了村中的五分之二，也許就因爲這樣，村落中的人個個自以爲是，再加上卑南族群原有的優越感，使得族人個個都是以自己爲中心，很難接受他人的意見，每每見到族人如此，不免讓我悲從中來。

該如何去幫助族人了解自己、了解自己的族群呢？這個問題在我心中盤旋許久，已成了一個大問號；又該如何做才能使族人重新站起來，並以自己是原住民爲榮呢？心中好徬徨、好無助啊。

自己的文化自己去關心，年輕一代的原住民都有著相同的際遇，也都面臨了一個共同的問題；文化的流失、族群意識的低落……雖然這些並不是我們能力所及的，不管如何我們是年輕的一代，老一輩的無奈和無助是我們體會不出的。年輕一代有年輕一代的作爲，我們的將來還靠我們繼續努力呢！

加油吧！原住民，只要勇於承認自己是原住民外，更要持續地保存現有的文化資產並發揚光大，我們將不再是「黃昏的民族」了。

加油吧！原住民。

一九九二、七、七《台灣時報》

學我的歌，我的舞

樂樂嫚・巴里庫格（排灣族）

六月初畢業考完後，立即加入原舞者排練卑南族歌謠及舞蹈。然而其他團員早在三個月前已開始向卑南族部落請來的老師學習歌舞。如今距離公演的時間愈來愈迫近，我却要以將近一個月的時間，去追趕他們的進度，這將是多大的挑戰啊！想到此心裡油然生起放棄的念頭。後經胡台麗教授的鼓勵下，才勇敢地接下這份沈重的負擔及莫大的挑戰。

剛開始與其他團員排練時，挫折感及壓力一波又一波地傳入心坎，我實在不想成爲大家的負擔，因爲還有那麼多首歌都不會唱，心裡愈是著急，腦筋愈是記不牢，心情就一直處於矛盾之中。一方面是覺得爲了團的整體利益著想，我應該放棄這次的公演，另一方面不敢提出退意，怕影響其他團員的士氣。最後仍決定留下來苦練，給自己一個學習的機會，所幸在其他團員的熱心協助下，我很快進入狀況，才漸漸褪去脫逃的心態，認眞地沈浸在卑南族歌舞天地之中——在排練過程中觀察到一些令我感觸深刻的事件。記得有一次排練，指導我們傳統歌舞的陳光榮先生講了一段話，他說：「我們這些傳統的歌舞，在我們自己部落並沒有確實的教唱給年輕一代，所以至今仍然由老人家代勞，如今身爲原舞者的你們認眞地學習我們的歌舞，想讓更多的人了解卑南族優美歌舞文化的一面，並希望卑南族年輕一代藉由原舞者的學習，促使他們面對自己的困境，認眞思考卑南族的未來。」這一段話說出了他對原舞者莫大的期望，同時更重要的是陳先生更期盼卑南族後繼有人去擔負起延續該族文化的使命。反思自己身爲排灣族，我對自己排灣族文化了解多少？到底自己還有幾分是屬於排灣族？傳統的歌舞連一首也不會唱；優美的語言，却只能以生硬且不完整的方式表達，美好的傳統風俗習慣，眞正了解的太少、誤解的太多，但殘酷的是以上都是整個台灣原住民社會共同的現象，我們愧對祖先所遺留下來的寶藏。

團員中有四位卑南族人，他們相當年輕，可想而知他們跟現在一般原住民年輕一代一樣，對自己文化了解不多，母語不通。但是藉這次原舞者學習卑南族歌舞文化的機會，他們重拾了對自己文化的關心，進而以身爲卑南族而感到驕傲。每次他們都特別賣力學習，深怕別人詢問有關卑南族事情時，一問三不知會引來困窘。在每一次排練時，他們都特別留意許多細微的地方，以卑南族歌舞的標準糾正其他團員的不正確之處。此外，他們並自信且驕傲地提醒團員應該如何表現卑南族歌舞的特色及其精神。他們這樣的注重自己的文化，我也爲之肅然起敬。

隨著公演的時間愈來愈迫近，我們的心情一天比一天更加緊張，不管未來演出成果如何，我想在這次卑南族歌舞的學習過程中所收穫的種種，將成爲每位團員會堅定不悔爲原住民文化盡力的動力根源。

一九九二、七、七《民衆日報》

舞祭

意谷（阿美族）

這個事故，發生在很多人身上，那群人是洪流中的少數人，我也身在其中，我看到那事故，也經歷它。

卑南鄉南王村，這一場景裡，發生了一些事，原先我以原住民的身心進入這裡，可是它的偶發，卻讓我心痛，難道世事變遷已如此？

傳統舞，在卑南族人心中仍占很大的份量，雖然它的意義已不再明顯，彷彿形式也罷。和他們一道歡樂歌舞，即使我是原住民，也像進入異國般，除了地域的差異，文化的不同，也使我有如身入異邦，憑著對卑南族的一些認識，大膽的我小心翼翼地熟悉他們。歡樂的氣氛，高潮迭起（悲哀也在低潮中顯現），頗有年的味道。身旁的男孩，看他的衣飾，今年應是彌亞布旦（註①），將要升入青年階級，我興奮地問他，「你以普悠馬

（註②）爲榮嗎？」臉色微慌的他，不知如何回答我，「彌亞布旦的意義是啥？」他驚慌地向跟隨在旁的母親求救——「媽，他說什麼？」這句話刀割我的心，他的母親亦茫然看著我，不知如何是好？（難道她以爲穿上卑南衣飾，就能掩藏一切？）只見她細聲地告訴孩子，他是眞正的普悠瑪，他是彌亞布旦，將要成爲一頂天立地的卑南青年，母親的安慰平息了男孩的不安，可是母親的用心良苦，他了解嗎？

傍晚，黃昏的夕陽景色，帶人進入另一境域，活動中心裏，長老們聚集在一塊，會談族中事，門外，有些中年婦女，帶著禮品，恭敬、謹愼地在外等候，長老一喚，彷彿心帶歉疚，畢恭畢敬地進入，原來所帶的禮品、罰金，是要獻給長老們的，用以「贖罪」，是要替自己沒有受過卑南傳統訓練，以便順利升級的孩子「贖罪」，那個母親也來了，她也是爲了那個無知的孩子來贖罪，慈祥的長老們接納了她們的孩子，但也語重心長地告訴每一位母親，要時常告誡孩子們，別忘了自己是卑南族，要記得卑南的傳統，心存戒愼的母親頻頻點頭。長老們、母親的苦心，那些未受傳統訓練、薰陶的彌亞布旦了解嗎？

耳聞陸森寶先生〈懷念年祭〉相當有名，知曉詞意後，心中有感難道他也預知了這種狀況，寫了這首歌，告誡卑南的青年們，不要忘了自己是卑南族，更別忘了卑南的傳統。這是否是一悲傷的年祭？希望它不是年祭的黃昏，期盼未來每一位彌亞布旦，每一個卑南族，每一個原住民都不要忘了自己生自何處，來自何方。

註①青少年組（18歲～20歲）——miaputan

註②Puyuma：卑南族

一九九二、七、十四《台灣時報》

普悠馬姑娘——斯乃泱

阿道・巴辣夫（阿美族）

「什麼是你喜歡S的國語諧音？」

「斯——」

如斯的吐放，靜靜地、輕輕地，似泉之始湧、苞之初綻，含藏著悠古的祕密、的美、的始原、的柔力……

「很羨慕你們都有自己本族的名字，只有我沒有。」

有一天，你這麼說。

「有時會懷念起我的阿嬤來了，也請過我媽媽幫我取阿嬤的名字，但是，她一直不肯，因爲，阿嬤的命很短，她說。我好失望。」

「剛好教我們普悠馬（卑南族）傳統歌舞的大卡牟力（陳光榮先生）在這裏，可以請他幫你取名字呀。」

果然，爲你取了，也一一爲我們取了，連一直陶醉在他奔放、渾厚的歌聲裡的胡台麗老師也有了，她，好樂啊。

「其實Snaian原來的意思是愛哭的小女孩……」

微微蹙了眉頭的你，如晨起的臉……

「長大了，是愛唱歌的姑娘。」

亮了，一彎長長的飛虹。

「那麼，naian的諧音呢?」

「還要回去查一下字典才知道。」

回來後，興奮的你說：

「乃泱。」

一如，一直眺望太平洋的泱泱渺渺——住在里卡夢（利嘉村，台東卑南鄉）高的山坡上的你。

看呆了斯，呆於曾經朝思暮想過的古樸的茅屋、豪勇的族人、洪荒的莊嚴……，在中研院民族所圖書館找資料的時候。

「我又找到了……」

喜孜孜的你下樓來，滿懷抱著的……

「我找到了末成道男（日本人類學者）在里卡夢所採集到的普悠馬語言……我一定要把所有普悠馬的資料影印過來，並好好歸檔。」

壯哉斯言。可不是嗎，也歸檔於斯心的深深處，的祕密的？

才想起今年的元旦，所有南王里的Lakanna（年長者）在芭拉冠（男子集會所）唱Pairairao（年祭頌）時，有位Lakanna問你：

「會說普悠馬的話嗎，你？」

「不會——」

「笨啊，你們的爸爸、媽媽！」

剎時，飛紅了你易感、耐看的臉——

回新店後，隨時拿起便條和筆向幽默的歌王，又是普悠馬王子的南緣請教母語，迸發的你的笑聲，如迸——奔的雲豹……都是從最簡單的生理開始學起呀原來。

斯，正撫觸先祖遺留下來的色彩斑斕，輕輕地，以驚亮的眼神。

摺好了後，親之、吻之……深深地，以恭敬的、感恩之情。

「我阿公以前在山上的茅屋裏刺繡過，而且繡得好細緻、好美呀。」

是啊，以前母系社會的普悠馬，都是女的在田野工作；而男的在芭拉冠隨時待命（保疆衛土），一有空或編籐、竹器、或刺繡……，而今之男子少去繡了，唯南綠（是普悠馬的最後？）還一直在繡呢。

難得也看到你向南綠學了，並且，繡出了先祖奇幻的夢……一針、一刺地。

大家安安靜靜，專注地聆聽大卡牟力、陳明男老師合唱的Pairairao中的一首Penaspas（註），斯已輕輕地安放好小麥克風在老師的腳前，其聲之漸而高亢，悠遠……漸而低沈、渾雄……極盡蒼涼，悲壯的況味啊，而又意深旨遠，其詞曰：

Ire-banni-di-寒冷的／Daka-bali-ian-風／Dake-mainga-oai-自北方／Dapena-sas-pas-吹落／Kan-tar-bo-蘆葦花／Node-moale-pang-飄撒種子／Todai-daia-nai-到處飄撒／Pini-tili-oan-發芽、茁長／Topai-rada-kai-居住／Ser-bor-bot-山豬／Totara-alo-pa-尋找／Kan-bang-sar-那個青年／Naka-aia-an-戰利品／Na-dak-pan右前腿（唯獵到者才能享有）。

回宿舍後，斯又全新地整好錄音帶。

「覺得有五線譜好嗎？」「好難看啊五線譜，沒有它反而可以很快抓到音，而且，比較可以體會到旋律的美和意味。」

沒錯啊，以前那有五線譜嘛！我們的先祖，都是口口相傳、耳提面授的，超越了五線譜了，心靈跳躍著的或單純，或繁複的音符……。

斯，正靜聆，以虔敬、敏銳的心靈之耳，高吟，以嘹亮、豐潤的嗓子。

開始手牽著手了，並跳Demiladilao（年祭傳統歌舞），在相拉的最前頭和尾端的男子，拉得好一弧滿滿的張力；主唱者的男子在尾端，餘者都隨他高亢的悠長，漸漸予以「哇咿」的深沈的和音。

男子的交互蹲跳和移跳之勁健、豪邁，頗有普悠馬曼沙浪（勇士）的勁道；而穿插在男子之間的女子，被架起的姿態如斯的端莊、高貴，在併腿蹲跳、移跳時的輕盈、柔力，看了好有彈性美——

大聲吧　年輕人
咿　呀　嗬咿（眾歡呼之聲）
唱出先祖的醉歡和叮嚀
咿　呀　嗬咿
大力吧　年輕人
咿　呀　嗬咿
舞出洪荒的莊嚴和夢境
咿　呀　嗬咿

註：寒風歌，又名煥然一新，此詞大卡牟力先生譯，每一句都是古語和口語併唱，本來很長，只取其大要。其實，Pairairao有八首歌，如Benanban（南風歌，安慰喪家而唱的）、Sanga（歌誦英雄）……等。

一九九二、七月號《張老師月刊》

遼濶曠野歌聲揚

林蕙麗

四十四歲台大外文系畢業的阿美族人阿道，在去年九月加入「原舞者」。原舞者是由一群原住民青年組成的表演團體，他們來自社會各角落，不曾受過正統的舞蹈訓練，但經過去年二十幾場的全省巡迴公演，在各縣市文化中心、鄉鎮中小學的校園，以「山水篇」爲名，歌詠了鄒族莊嚴和諧的音樂，也跳出阿美族活潑柔婉的舞蹈，打破一般人對山地歌舞的既定印象。四方響起的讚美聲和族人殷切的期許，讓他們明白自己不再是單純的舞者，他們可以是原住民文化的大使，用歌舞做九族的代言人。

然而受過嚴格外語訓練，正以母語語法進行文學創作的阿道，怎麼會選擇到原舞者來習歌練舞呢？

五月底，原住民權利促進會在嶺頭山莊舉辦兩天一夜的「傳統歌舞研究營」，原舞者的八名團員都受邀爲指導老師，教導北區的原住民大專生學習山地歌舞。在馳往陽明山的計程車上，我問阿道：「原舞者對你而言是個什麼樣的團體？」他思索了一會兒，「我們下部落去，從原始祭典儀式和樂舞的田野採集開始，走向追本溯源的路。」說完，他又笑自己好像說得太嚴肅了。

的確，並不是每個原舞者都像阿道一樣有清楚的理念，有的人純粹喜歡歌舞，有人捨不下一年多來朝夕相依共同奮鬥的夥伴，也有人在矛盾中掙扎，欲走還留。

泰雅族的阿忠開了七、八年的卡車，不小心進了原舞者，和其他創始團員熬過有一頓、沒一頓的日子，現在雖然每個月和其他團員一樣，可拿到一萬二的薪水，但想到未來他顯得茫然不安：「在這裏學習很快樂，但有些時候我也很納悶，不知道自己爲什麼要留下來？其實我滿喜歡運輸業的，而且爸媽老了，在山上沒人照顧。」他用練歌練得沙啞的嗓子告訴我，「有一次半夜我把包袱捲一捲，跟阿道說我要走了，他一直拉著我，我又把包袱解開。其他團員都不知道這件事。」

老實說不只阿忠有這種糾結的心事，別的團員也曾向我傾吐相同的心聲，但他們彼此却不互訴，深怕自己影響別人。目前秋玉車禍受傷，只剩八個人，誰也走不得啊！

經費不足使原舞者一再面臨人才流失的問題，團長蘇清喜很無奈的說：「很多團員有心要學習自己的文化，可是家長不肯，他們坦白告訴我，如果每個月給三萬塊，就讓孩子留下來。」這些原住民青年都是家中的生產主力，團員中只有宋南綠在休息時間幫舅母繡一點卑南衣飾賺外快，其他人即使另有專長也無法兼職，因爲他們一天廿四小時都給了原舞者。

當然也有人不管家人意見一定要留下來的，歌聲宛如天籟的排灣姑娘卓秋琴就說：「我不敢自誇我在團裏有多重要，但我跟爸媽說目前我是原舞者唯一的排灣族代表，怎麼可以走呢？」她的話語滿是自信。

可是，對理想的堅持與執著必須是有條件支撐的。在學術交流基金會任職的陳錦誠，去年在從事「台灣地區藝文表演團體調查」時，發現原舞者這個特殊的團體，在感動之餘，自願擔任原舞者的執行製作。因爲以他多年的劇場經驗，他看到每次在台北舉辦的大型藝術節、音樂季，花了幾百萬做成的佈景，演出結束後就丟了，非常可惜。他思考到推動文化是不是有一種可以讓更多人分享、且經費不必太高的演出方法，而草根性極強的原舞者就是這樣的團體，他們可以上山下海去爲台灣鄉親歌舞，只要你伸手召喚。

這一年來，陳錦誠爲原舞者籌募經費、安排訓練、策畫節目，舉凡大小瑣事他都勞心費勁，原舞者仍像是沒有斷奶的娃兒。可是陳錦誠累了。「如果我是自己一個人，我會陪他們走下去，可是我要養家，原舞者眞的耗去我太多的精力。」他緩緩道出自己無以爲繼的困境。

「你一星期平均要花多少時間給原舞者？」我想更清楚他的狀況。「妳問我太太好了。」七月即將臨盆的陳太太寶雲原來也是一名舞者，她只是微笑，並不搭腔。可見要思索未來的不只是團員，然而他們仍然在沒有期待中盡最大的努力學習。

今年文建會撥下兩百八十一萬的研究經費，讓原舞者從事卑南族及賽夏族的田野採集。於是自年初開始，原舞者到台東縣的南王部落實際參與豐年祭並從中學習採集。他們再也不能隨便的哼哼唱唱，必須主動去深入了解卑南文化的精神內涵。對他們而言，這種跨族群的學習方式既新鮮又痛苦，幸虧有中央研究院的胡台麗教授，義務帶領他們一步步去了解另一個原生族群。

原舞者中只有宋南綠和賴秀珍是卑南人，而秀珍從小一句卑南語也不會講，「我甚至日本話和卑南語都分不出來。」因此，秀珍和其他團員一樣，得一字一句開始背誦卑南詞譜。

這是一段很艱苦的學習過程，他們用羅馬拼音及各式符號去幫助自己記憶完全陌生的語音，兩個月要背熟二十幾首，他們一直嚷著腦袋要脹破了。胡台麗說：「他們剛開始跟卑南族的長者吟唱古謠，整整三個小時連一句都哼不全，眞的很難學，連老人家都說自己當年唱了三年才唱出一點味道，而陸森寶老師的創作歌謠的歌詞太多了，不像阿美族的歌大半是重複的虛字。」

爲了七月七日、八日的演出，原舞者的課程從早上九點持續到晚上十點，日復一日，除了睡眠時間，幾乎都沈浸在卑南族的樂舞中。我在宿舍中，看到團長蘇淸喜將剛滿月女兒的照片貼了一牆，副團長柯梅英則將一直帶著身邊的五歲女兒送回娘家，她很得意的說：「她天天跟著我們，什麼歌都會唱喔！」

六月七日，我隨原舞者到雲門排練，進門已見陳錦誠和大腹便便的妻子等在那裏，還有幾名來支援的大專生。胡台麗隨後也趕來。

舞者們換上剛到手的卑南服飾，由於文建會所提供的經費並不包括開銷最爲龐大的公演支出，而完全手工縫製的服裝，一套要近萬元，爲了節省支出，因此，在傳統中女孩所穿以一針一線刺繡而成的一片裙改爲花布裙，上衣也是去年跳阿美族舞所穿的，湊和湊和吧！這是第一次較正式的排練。林懷民在看過後，提了意見：「歌很美，人也很美，可是歌和人沒有融在一起。」

現場氣氛有點僵，他接著問：「排多久了？」有人回答：「兩個月了」。他一直搖頭：「不行、不行，效率太差了。」胡台麗趕忙解釋：「這些歌很難學的。」林懷民却說：「我知道難，你可以說我感冒了，我心情不好，所以不能表現更好，可是做爲一個觀衆，我無法接受。如果你們要做專業的舞者，就得讓這些歌舞進入你的身體，自然的流露出來，讓人家相信你們是最好的，否則人家憑什麼要去看你表演？」

這段話聽起來好殘酷，因爲這半個月來我一向只見到他們的辛苦，根本不曾跳到其他的角度來看待他們學習的成果。而林懷民在誠懇的評論後，却又不停的道歉，他說：「我曾經帶一位夏威夷的舞蹈人類學教授去看你們表演，他全世界都看遍了，却對你們讚歎的不得了。我認爲你們的潛力沒有完全發揮出來。」

「對不起，我說多了，可是我還是要說。」林懷民又繼續：「傳統的東西好，是因爲經過祖先數代的累積，可是對沒有看過的人來說，那就是新的東西。你們要人家知道這個種族的東西是最棒的，就要把你們血液裡流動的精神、文化呈現出來。大部份的觀衆根本分不清卑南族和賽夏族有什麼不同，而你們就是原住民的大使，要以自己的身分爲傲。只剩一個月了，加油吧！」

整個社會是不是和林懷民一樣，對原舞者抱著這麼深的期待呢？然而，我們是不是能給這一顆顆努力破殼萌芽的文化種子一片豐沃的土壤呢？看到原舞者個個面色凝重，我只能自問自答：「爲什麼要他們用未來做賭注，去背負文化傳承的使命呢？難道他們不能只是單純在山邊水湄快樂的歌舞嗎？」此時耳邊又響起胡台麗曾經說過的話：「原舞者所學的歌舞和採集到的資料，在山地部落四十歲以下的人，已經沒有幾個人能比得上，他們每個人所整理的不僅是九族文化，同時也替台灣開採一份豐厚的寶藏，可以跟全體社會分享的。」

六月九日，原舞者在皇冠藝文中心舉辦第一場記者招待會，在他們出場時，我暗暗揑把冷汗。可是上場幾分鐘後，我就鬆了一口氣，也看到胡台麗唇邊的笑意。在所有的記者離開後，我問他們怎麼兩天進步那麼多？秋琴一昂首：「觀衆多、掌聲多，自然會表現得很好，我們就是愛秀嘛！」

胡台麗邊笑邊說：「還是有一些毛病要改，只有六十分。」秋琴小聲告訴我：「胡老師最愛吹毛求疵了。」本來在觀光歌舞團表演的她，經常對忠於學術、寧拙勿巧的嚴格要求不以爲然。

抽空跟陳錦誠聊了幾句，他似乎對他們剛才的表現毫不驚訝，「他們就是這樣，平常有點散漫，一有壓力就衝上去了，如果每天有人盯著，進步會更快。可惜我眞的沒時間，他們能做多少就算多少啦！」他的口氣一貫溫溫的，「眞希望有人來接下一棒，我眞的撐不下去了。」此時我才相信幾天前他的倦意不只是牢騷而已。

原舞者一直在困境中求生存，誰也不知道他們的未來是什麼，多少次在白天或夜裡，我聽著原舞者一首接一首像史詩般的吟唱，總是牽引著我回到山川林野的家園。眞的，每個人都應該有機會和我一樣，享受原舞者領著你去接近台灣的山脈與海洋。

阿忠，如果有一天你必得回去開卡車，在全省不停奔馳的夜行貨車上，你是否會大聲的唱出今日苦練熟記的卑南古謠呢？但是，如果沒有同伴唱和，只有滿車的飼料雞和大西瓜，可能會有點寂寞吧！

一九九二、七月號《張老師月刊》

升起篝火來賽戲

王家祥

當原舞者的製作人陳錦誠打電話來告訴我，一定要上台北看看原舞者今年度「懷念年祭」的首演時，我和妻便已經很輕易地感受到錦誠兄那種興奮、沮喪、期待、焦慮，疲累交織繁雜的心情。而且他似乎正從原舞者身上展開自己另一次前所未有的本土新經驗，即使他已經是個資歷非常豐富的劇場工作者了；對於他來說，那仍然是個全新的、充滿變數的、等待自己去認同的異文化寶藏。這種經驗曾在我身上發生，在妻子的身上發生，在很久以前第一個成功踏進部落裏而不被獵首的幸運漢人身上發生。

那種寶藏便是舞者的潛力終於爆發出來的能量；他們找到適合自己的歌、自己的舞，並且能夠唱得很好，很容易使人如癡如醉。

當然，在這之前，非得耗費許多學習和反省、挫折，反覆練習的不安，甚至回歸和認同的問題……。我確定陳錦誠已經完全投入了。他的老婆產期非常迫近，而他卻像閩南話所說的「潦」了去啦！

我們常常覺得對不起陳錦誠。尤其在原舞者的第二階段，整個舞團的命運到達台北，交給他。那個階段的我們已經深知無能爲力了。假如原舞者要繼續往前走，他們需要一位專業的製作人，而不能光憑作家的感性和熱情了。到台北是一條坦蕩的大道，吳錦發和我們這樣討論過。陳錦誠是個來自南部玉井鄉的劇場工作者和製作人，我聞得到他身上一樣的草野氣息，藏匿在台北人習慣的上好西裝料下。並且那裏有一群如胡台麗、林懷民、平珩、劉靜敏等優秀的學者和文化人。絕大多數的資源都在台北；而原舞者的表現令他們刮目相看；他們答應幫忙，便會全力投入。

我和妻開始認眞地計畫假期，好像小時候要去遠足那麼愼重。這一次我們要去看一群老朋友，並且毫不費力地分享他們努力的成果。我們土里土氣地果眞像個緊張的鄉巴佬，坐夜車北上，唯恐白天在高速公路上耗費太多時間，趕不上他們的排演。

我們在台北未甦醒的時候到達，離下午排演還要很久很久。只有在排演的時刻，我們才有機會仔細再看看他們，與他們喝一口辛辣的五加皮或蔘茸。他們在正式上場前變得很忙碌，謝幕後總是被一大堆感動得不捨離去的朋友們包圍簇擁；那時，我已經養成習慣在一旁為他們的喉嚨和體力寬心。

我總是會回想，這些日子來，在心境上，我一直在找尋平埔族人；當初也許是一篇又一篇精彩的田野報告與文學作品出現，使人忍不住想要瞭解它。後來便不是那麼一回事了。當我對平埔族過往認知愈加深刻時，它已經充滿我的身邊，時時刻刻出現了。

一位好友的未婚妻姓潘，住屏東，眼睛圓而甜，膚色健美。以我對屏東馬卡道族的粗淺印象，心裏常常猜想，這位美麗姑娘的祖先，是不是便是清朝賜姓，住在水邊的蕃（漢人觀點）。當我參加他們的婚禮，在喜宴上看見新娘的親戚們，更讓我驚喜地相信這個推論。新娘的親戚們，眼睛圓亮，顴骨突出，膚色黝黑、講閩南語有種特殊的腔調。然而當我發現新郎的母親家族也來自屏東，他的母舅一樣具有平埔族人依稀的特徵，我知道我根本不用提醒新郎，他的婚姻正不知不覺傳襲台灣歷史與人文社會的迷人意義。也許不僅是他娶了一位美麗的平埔姑娘，他的父親可能也娶了一位具有二分之一血統的平埔姑娘。而他自己也可能有四分之一的平埔血統。他的新娘則是二分之一或更多，他們的小孩便至少有八分之一或更多。

原來這個問題早就不存在；平埔族人不得不從平原上悄然隱身之後，他們寬厚的血緣卻發揮得更爲淋漓盡致，事實上，台灣的新民族已默默在這塊土地上形成許久，即使外來政權的干擾不斷，使得她從來沒有機會好好看看自己。

我的家鄉阿公店（今岡山），史書上有一段被淹沒的記載：明朝航海家鄭和太監的手下大將王三寶，曾率領一群隨從在打狗嶼（今高雄港）登陸，上行至阿公店溪，接受馬卡道族人的銅鈴相贈。

原來我的家鄉曾經是馬卡道族人的故鄉。我想起了我那位大眼睛、水汪汪的阿媽，她的娘家據說在靠近漯底山的彌陀海岸；漯底山，今年正興起了平埔貝塚的考古風潮。

妻的故鄉，則在台南縣偏遠的山上鄉苦瓜寮，隔村便是人稱平埔仔的隙仔口。

也許，平埔血統早已充滿在我們四周很久了。我們的朋友，我們的家族，我們的親戚，甚至我們的體內。閩南與客家人用文化同化了他們，他們卻用寬厚的血緣同化閩客。也有證據顯示，閩、客文化中，平埔風俗的存在正大量發現。因此，到底是誰同化了誰，倒也說不定。不過，海島新文化畢竟誕生許久了，而她一直以私生子的形態不被正視地存活下來。

我想到我們好像鄭重其事要去參加一場很重要的盛宴，迫不及待地提早準備。的確我們夫婦倆也從來沒有爲了一場舞蹈演出而連夜坐車北上的經驗。對我們這種鄉巴佬而言，即便是國際知名的舞團，我們也無這種狂熱的精神。但今天好像不一樣了，它似乎是我們台灣的舞團，它傳唱舞動的東西在這塊土地上累積沈澱很久了；我們的靈魂很容易與它契合；我們靈魂中有高山、有海洋、有綠色的森林與平曠的疏林，那些歌聲與舞步也有。我們的靈魂中有民族的互動與土地爭戰，有對大地的崇敬，有拓荒的心情，有海盜的性格，那些歌聲與舞步似乎也有。我們靈魂中沒有黃河長江及孔雀舞，它也沒有。

四百年前，一千年前，我們的靈魂曾在某一處部落的跳舞場上交錯過，曾經烤過同一處篝火，吃過同一頭水鹿和野豬。

但今天我們是老朋友了，在盼望很久許久之後。那首〈吟唱古調〉同時喚醒了我們的內心深處，否則我怎會每次聽了便茫然不知所措！

我和妻在炸雞店裏度過很無聊的等待，頭開始痛了，無處可去。台北是個令鄉下人不敢移動的城市。不過，今天，我終於可以好好地坐在台下當個觀衆，以前我總是在台前台後跑來跑去；後來才明白，在心境上，我追尋的，的確是平埔族人的賽戲（註）。他們在跳舞場上，圍著升起的篝火，烤鹿肉、跳舞、吟唱。

我想起在自己出身的閩南社會中，倒從來沒有和親戚、鄰居、家人一起跳舞的經驗。那是一種很容易令人產生社區族群意識的方法，一項「生命共同體」的最佳例證。套句現代話說：假如您沒有和鄰居手牽手跳過舞，又怎麼能夠眞正做好「敦親睦鄰」、「守望相助」呢？我的父祖那一代人的社區意識，可能便是在「宋江陣」團練或迎神賽會的分工合作中培養出來的，而我卻早已失落這種機會。

如今原住民的賽戲在現代西方式的舞台上演出了。我們似乎得謹記賽戲的背景精神和內涵。透過原舞者的〈吟唱古調〉，領導者向衆人通告，年長婦女互相商討，婦女們成群結隊以柔美可愛的神態牽著荖藤，戴著花環、在清脆悅耳的鈴噹聲中來到集會所。這麼歡欣和樂的集會希望永遠持續下去。是啊！團結族群意識的和樂集會要永遠持續啊！在寒冷的風自北方吹來，吹落蘆葦花、種子撒落四處、發芽生長的同時，便要記得圍成圈、坐在篝火旁唱吟〈大獵祭〉，去尋找遭遇山豬時的勇氣。

卑南族的民歌作家陸森寶在近代創作的歌謠，正給予我們分享卑南南王村的賽戲快樂與集會溫情。除了那幾首吟唱古調仍舊謹守祖先的訓誨。在現代衝擊之下，他們也從未忘記要靠自己的歌謠緊密聯繫族人的情感認同。

陸森寶是個愛唱歌的普悠瑪老人，更是個懸念普悠瑪家族與青年的老人。他所譜寫的〈懷念年祭〉中的歌詞很令人感動：

「我有工作在外地，我不能常常回家，我沒有忘記傳統習俗，給我戴花 我的母親，我將去集會所跳舞。」

這位善良的長者想藉著意簡情深的歌謠，提醒村子裏出外的年輕人不要忘了故鄉熱鬧的年祭。要時常懷念年祭時大家才能在一起的珍貴時光。

老人心中溫馨的意念，果眞從舞台上深深傳入了我的內心，我也能感受在那遙遠的後山村落，族人相親的美好。

原舞者向台北人大聲傳唱東部後山卑南部落裏的歌謠與時空，邀請他們的眼睛與靈魂隨著普悠瑪的舞步一起起舞，並且述說他們也有位現代的「準民歌」作家陸森寶。普悠瑪的歌，台灣社會正在傳唱。無法遺忘〈我們都是一家人〉，無法遺忘〈美麗的稻穗〉，無法遺忘〈卑南山〉，無法遺忘〈俊美的普悠瑪青年〉，無法忘了在年祭時要歸鄉。不能忘了台灣的傳統音樂不祇只有四百年來的漢人北管、南管、唸歌、唱曲。

而那位在寒冷的風自北方吹來，吹落蘆葦花的季節帶他們回去原鄉尋找失落的自己的智者便是人類學家胡台麗。

胡台麗說：「原舞者所學的歌舞和採集到的資料，在山地部落四十歲以下的人，已經沒有幾個人能比得上，他們每個人所整理的不僅是九族文化，同時也替台灣開採一份豐富的寶藏，可以跟全體社會分享的。」

他們是一群很能夠撐持的舞者，在經歷過漫長艱鉅的學習過程之後。

終於和他們碰面了，我又忍不住在台前台後鑽來竄去，並且喝了一口他們的五加皮加咖啡。我看見了胡台麗老師爲著一篇舞者斯乃泱的文章，正感動地哭泣，躲在偏僻的角落裏！

卑南姑娘斯乃泱在南部草衙與我們在一起時，大家還叫她的漢名字秀珍。那時候她沒有卑南的名字，外表很難相信她來自原住民部落。秀珍的人就像她的漢人名字，與一般美麗卻平凡的小姑娘無異。

「懷念年祭」的田野調查讓她眞正回到了自己的母土與故鄉。聽說她開始擁有了一個不凡的名字。

「很羨慕你們（其他舞者）都有自己本族的名字，只有我沒有。」秀珍說。

斯——，如斯的吐放，靜靜地、似泉之始湧，苞之初綻，含藏著悠古的秘密、的美、的始原、的柔力……。

剛好教他們普悠瑪歌謠的大卡牟力（陳光榮先生）爲她取了。「斯乃泱，原來的意思是愛哭的小女孩。」

「長大了，是愛唱歌的姑娘。」斯乃泱說。

斯乃泱的文章刊登在我工作的台時副刊，當初我讀完這篇文章的手稿後，心情顯得很激動。

那篇舞者之歌裏這樣敍述：「從小就接觸漢文化的我，在未進原舞者前原住民三個字對我來說是非常陌生且排斥的；參與了一段時間後，心已不再像從前，慢慢地了解一點原住民及其文化，原本與漢民族相同的觀念這時打了大折扣，心中開始矛盾、掙扎，爲何在未接觸原住民前，會有排斥自己族群而心向外人的觀念呢？……

這次的田野，最大的收穫就是讓我在心靈上調適過來，不再像從前會不好意思提自己是原住民，現在的我覺得做原住民是光榮的，因爲它有那麼多美麗的文化。……

該如何去幫助族人了解自己、了解自己的族群呢？這個問題在我心中盤旋許久，已成了一個大問號，又該如何做才能使族人重新站起來，並以自己是原住民爲榮呢？……」

原舞者使得一位叫秀珍的平凡小姑娘，驕傲地站立，並且蛻變成光榮普悠瑪的斯乃泱——卑南族的舞者。

也許外人無法了解胡老師哭泣的原因，但我知道。

原舞者的第一階段還未達到能夠反省的能力。那種過程非常漫長、曲折，可能很痛苦。從無法認同自己的文化到做爲一位光榮的原住民，沒有人可以苛責且加速催促他們。

在心境上，我一直不喜歡自己是個漢人，也許這是錯誤的；我很抱怨自己與母土文化的疏離，特別是又搞不清那母土是什麼的時候。這種經驗在原舞者的年輕人身上也發生過。他們原先不屑於認清自己的文化，如今他們找到，肯定了自己，不再痛苦，而我仍在尋找之中。

他們的文化曾被歧視，正瀕臨消失；更不幸的，我的文化幾乎消失殆盡；我如何以一種對等心來看他們，我幾乎要自卑了。

我想起葉石濤老師在第四期「文學台灣」卷頭論壇裏的一段話：「台灣在三百多年

來的歷史遭遇上曾被迫接納了來自不同族群的多元文化。由於異民族統治的強勢和壓力，台灣文化人爲生存的現實必須在不同時期扮演反叛社會的角色，除去文化人尚未確立的明鄭時期之外，台灣的知識份子一直反清、反日、及反國民黨的一路上反叛下來，無暇顧及文化整合以達成建立土著精緻文化的鵠的。文化認同的困難，使得歷代統治者有機可乘，用獨裁或威權統治的方式去壓迫台灣人接受不同於台灣本土文化的異質文化。」

建立土著精緻文化，這段文字深深打動了我的心。

我們不能要求原舞者背負文化傳承的使命，我只是對舞者本身微妙的變化非常有興趣，並且期待一片豐腴的土壤讓他們茁壯。

假如有機會，我當然是他們在山川水湄快樂的歌舞的忠實觀衆，我不想放棄聆聽他們歌聲的權利。因爲我已經非常知道我是個台灣人！

我看見我心中的篝火已升起，歌謠悠悠地傳唱，很遠，很遠，但很響亮！

註：古書上，漢人稱原住民的跳舞集會爲賽戲。

一九九二、十一、四《自立早報》

不凋謝的野百合花

卡斯坡郎・嘎・莫嘎伊(魯凱族)

莫嘎伊：
那一位勇敢的孤獨，
母親，留給人印象深刻，
我們等待整夜看日出，
我們徹夜不眠，
我們歡笑，
即使知道我們往後的路途
艱辛！

阿祥　一九九一、七、一五

在原舞者那麼久了，開始到現在，走過孤獨、艱辛的路，但我不懼怕，因爲有人在關心我、支持我，過去我不知道我的理想、抱負，我帶著我的孩子加入原舞者，大家都叫樂麼樂曼小小原舞者，我也不希望她是失根的野百合。

開始知道在原舞者日子會不好過，但是還是要走，既然已經踏出去一步，怎能收回呢？我不怕，我看到現在的原住民的年輕人已經不會講自己的母語，更少回到自己的家鄉，變了，是的變了，我吶喊著，我哭著，越認識原住民的文化凋零心裡越痛，我怕，再不警醒，這些祖先所留下的智慧、知識無人懂了，那原住民不就滅亡了嗎？不，我不希望，所以在原舞者再辛苦，我還是待下來了。家人開始不諒解，他們越不諒解，我更努力的讓他們知道，我們再不做，那誰要來做呢？

我待過南投九族文化村，福利很好，但是還是少了什麼似的，離開到原舞者，我眞高興，因爲重新開始認識了自己的同胞，而各族群有不同的文化背景呢，且好豐富哦，可是現在的原住民啊，難道你願意失了根嗎？根在哪裡，就該回到哪裡。我把在原舞者的生活以及工作給家人知道。

原舞者也很努力，爲了讓更多的同胞認識自己，對自己的文化有信心，我們原舞者的每一個人都在努力，第一次演出在台北縣板橋文化中心時（八十年六月），我好興奮，又睡不著，而報章雜誌不斷介紹我們。我怕表現的不夠好，開始前大家手牽著手，心連心，彼此勉勵，把內心的那股力量傳送到每個人。我很感動，眼淚也掉了，分不清是高興還是害怕，今晚對我們來講好重要哦！記得當時，我們窮到演出衣服買不到，阿美頭飾也買不到，這些雖沒有，但是內心的火仍在旺盛的燒著，幕簾慢慢開了……

山篇—鄒族崇拜天神，我們大家用心靈來敬拜，那天相信鄒族的神來了，似乎我們在阿里山的感覺，有共鳴在廻響。

水篇—東海岸阿美及秀姑巒的奇美歌舞，阿美族群與海很近，歌舞很像海一樣，有大浪有小浪，很活潑，而我短短粗粗的身材，都有七十公斤，跳起來都不感覺累，我好像在海上一樣被海浪帶領著，飄飄浮浮，好舒服哦。那時台上台下都很熱，原舞者也越跳越起勁。節目結束，掌聲不斷，謝幕又謝幕，原舞者團員哭了，六個月的時間，多麼艱辛的路，今天終於演出了，我們把全部的心和力奉獻出來。

朋友們，原住民的舞就是這樣，不需要任何樂器和伴奏，那是與天、地合而爲一的我們本來就屬於大地、大海，我想再擁抱、親吻我的土地和大山。我的同胞們，我們不再是黃昏的民族，只怕我們退縮、懼怕了，只要你願意，祖先的寶貝智慧、知識仍會屬於你和我。敞開你的心和手吧，帶着你的信心迎向前，一切會屬於你，我們一起努力吧！

我要感謝的人很多，更謝謝那些關心我們的漢族朋友，受到你們多方的照顧及指導，您們也辛苦了，謝謝。

一九九三、三、一《台灣時報》

原舞者

永不落幕

台灣原住民系列

延續原始人文・找回文化源頭

雅美族

夏曼・藍波安 著

八代灣的神話

一八〇元

台灣雅美族神話集

八代灣，
飛魚祭典開始的地方。
飛魚從大海遠方而來，
在八代灣接受死亡的祭祠，
成爲雅美人永恆的神靈。

原住民系列⑨

晨星出版社
郵撥帳號
0231982-5

夏曼・藍波安

【漢名】施努來
早期從事詩作，現致力於小說創作，
認爲小說可眞正呈現雅美人的矛盾與衝突，
對於雅美文化，
他自有其獨特的堅持與想法。

雅美族的父老們愛說故事，
在每一個夜晚，
說給愛聽的雅美小孩——
雅美人的文化與傳統，
便在故事的敘承之中……

釣到雨鞋的雅美人

雅美族◉夏本奇伯愛雅 著

一八〇元

台灣雅美族神話集

原住民系列⑧

晨星出版社
郵撥帳號
0231982-5

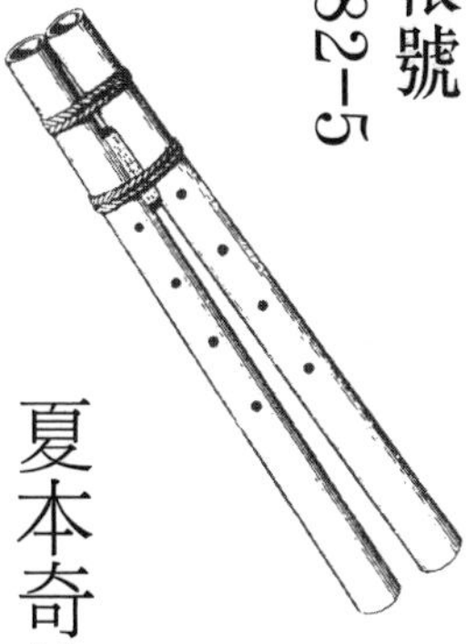

夏本奇伯愛雅

【漢名】周宗經
一九四六年生，
原是一名雕刻師，
文字拙樸有野趣，
其作品猶如他的雕刻創作，
充滿雅美文化的特色與原味，
是一位素人作家。

原住民系列 14

原舞者

著者 吳錦發
文字編輯 鄧茵茵
美術編輯 鄭安平
發行人 陳銘民
發行所 晨星出版有限公司
台中市407工業區30路1號
TEL:(04)23595820 FAX:(04)23597123
E-mail:service@morningstar.com.tw
http://www.morningstar.com.tw
郵政劃撥：22326758
行政院新聞局局版台業字第2500號
法律顧問 甘龍強律師
製作 知文企業（股）公司 TEL:(04)23581803
初版 西元1993年6月20日
西元2003年12月31日 二刷
總經銷 知己實業股份有限公司
〈台北公司〉台北市106羅斯福路二段79號4F之9
TEL:(02)23672044 FAX:(02)23635741
〈台中公司〉台中市407工業區30路1號
TEL:(04)23595819 FAX:(04)23597123

定價180元
（缺頁或破損的書，請寄回更換）
ISBN 957-583-337-6
Published by Morning Star Publisher Inc.
Printed in Taiwan

國立中央圖書館出版品預行編目資料

原舞者／吳錦發編.－－初版.－－臺中市
：晨星發行；臺北市：知己總經銷，民82
面；　　公分.－－（臺灣原住民系列；14）
ISBN 957-583-337-6（平裝）

855　　　　　　　　　　　　　82003276